一看就會的
韓語拼音

附贈MP3

陳慶德　編著

Korea

書泉出版社 印行

Contents 目錄

Contents 目錄

《韓國語文與韓國民族文化的振興與推進》

王永一博士　撰

　　在二十一世紀，大韓民國的文化立國政策成功，新興的文化創意產業促使經貿發展蓬勃、國力大爲提升，因此，韓流現象歷久彌堅，而哈韓族群則有增無減。爲此，對於中華民國臺灣的韓國語文與韓國民族文化的課程發展形勢，筆者以多年研修與教學等經驗，簡單扼要評論如下：

一、韓國語文教育的現象

　　近年來，受到韓國影劇與韓國流行歌曲大力播送的影響下，使得原本長久以來不受重視的韓國語，因爲「韓流」而大大地流行起來。同時，韓國電子科技產業，也連帶地異軍突起，韓國各種產品與服飾、美妝等民生產業亦積極跟進，臺灣便被這一股「韓流」風潮給籠罩著，對於韓國的「知」的嚮

往與著迷，逐漸熱絡起來，如此「哈韓」一詞也誕生了，哈韓族群也從「少數民族」變成「多數民族」了。當然，這股熱潮也影響了大學韓文科系的招生，即成為熱門科系，前景看好，人才倍需。再者，相關的大學通識教育韓國語與韓國學課程、大學推廣教育韓國語課程、韓國語補習班等數量，如雨後春筍般地不斷增加，如此，振興了韓國語文，也擴展了韓國語文。韓國語教學市場看好，也促成韓國人們與臺灣人們通婚，定居臺灣或慕名來臺擔任韓國語教師或開設韓國語補習班。同時，來臺的韓籍留學生更有機會擔任韓國語教師，因而成了取得就業或打工的佳機。而大學韓文科系畢業與留韓的臺灣國人的就業權相對地就會被外師所壓縮，雖然是為隱憂，但是外師仍是有其必要性與重要性，亦即可以彌補強化本國師資的不足。

二、南北臺灣正規韓國語文教育機會均等的 促進

　　臺灣的正規韓國語文教育的兩大巨擘為母校政大與母校文大（筆者高中時期曾結業於推廣中心韓文班，以及正取韓文系轉學考第四名），優秀的師資與資源都集中在北部，而中南部師資與資源便嚴重缺乏，以致有重北輕南的現象，因而高雄大學的韓國語興起。因此，1995-2012期間，筆者從臺北遠赴中南部多所大學任教，開拓韓國語文與韓國民族文化教育課程，當時以韓國文學博士而言，惟有筆者一人而已。因此，曾有高雄大學的學生們將筆者譽為「南臺灣開山始祖」。因此，最近一些留韓博士國人或留華、留外的博士韓國人開始積極南下，參與正規的大學韓國語文教育，如此，可謂逐漸促進了南北機會的均等。

三、韓國語文與韓國學教材的開發與引進

　　以往有關韓國語文與韓國學的教材也是極度缺乏。而今，因「韓流」之故，相關教科書有如雨後春筍般地不斷增加、多樣化，滿足了哈韓族群求知的欲望。目前臺灣出版市場上，越來越多出版業積極參與韓國語文或韓國學教材的開發，種類層出不窮，出版數量大增，實為佳音。而如果能再多多引進韓國原版與大陸版的韓國語文與韓國學的各式教材，相互配合學習，則更具效果。

四、韓國人文教育的加強

　　筆者大學授課時常言：「學習外國語言時，必須了解該國歷史。」可惜的是，大學韓文科系的韓國歷史，以及相關的民族文化、人文史地、社會現況等課程都是選修性質，使得有重語言、輕人文的現象。因此，在規劃韓國語文課程的同時，應該與韓國民族文化課程並重。慶幸的是，筆者拙著與韓

國原版、大陸版的韓國語文教材，大都在內容中穿插韓國民族文化的介紹，以便外國人一面學習韓國語文，一面可以了解韓國歷史與民族文化，同步學習，實為一舉數得。總之，韓國以文化立國著稱的文化創意產業，以及經貿科技、國力宣揚等韓流現象，都要歸功於韓國民族文化的振興與推進。

五、對韓國語文與韓國學人才的注重（獎學金制度）

培養大學韓文科系人才與大學韓文通識人才應該並重，尤其是應該鼓勵國內相關學術團體或有興趣於韓國的產業界，設置韓文獎學金制度，以資鼓勵國人。目前大概只有韓國政府、韓國學術團體、臺灣國內社團等的獎學金，為數不多。而筆者早在1993年起至今，陸續以出版有關韓國語文與韓國學教材為名，甄選課堂學生近五十名為助理，協助完成繕打文稿，給予稿費，如同獎學金、獎補助金，以資獎勵。另外，筆者在大學授

推薦序

課時，常以韓文書籍或韓國小禮物代替獎學金，贈送成績優秀的同學們，以資獎勵。因此，筆者已經計畫設立「韓國學術研究獎學讀書會」，以贈書或贈送獎學金的方式，獎補助績優的大學韓文科系與大學韓文通識學生，並以贈書方式，致謝筆者曾經就讀、獲聘、任教、演講、審查等的各大學。未來將以讀書會方式，對研討成果予以獎勵出版，對參與研討者予以獎勵補助。

六、臺灣政府應該多成立韓國學術系所與學術團體

國內有關韓國研究的科系、研究所與學術團體過少，大學只有上述政大、文大、高大；而學術團體大概只有中華民國韓國研究學會。可喜的是，近年來，政大與國立中山大學都有設置「韓國研究中心」，團結研韓人才，這也是培育韓文人才的另一種方式。其中，中山大學計畫成立韓國學術系所，指日可待。而有的學會附設「韓國研究

中心」，也是值得鼓勵，例如筆者曾經擔任東研學會副秘書長暨「韓國研究中心」執行長、「台日東研」執行長。期許韓文科系能再增加，以及各界哈韓人士能多多成立各種如韓國語文研究、韓國民族文化研究等性質的學術團體，以達到韓國語文與韓國民族文化的振興與推進。

七、韓國大學學習風氣與社會現況

筆者留韓期間，發現韓國當地各大學學習風氣鼎盛，可能是因為韓民族具有自古被譽為「禮義之邦」的優良傳統性格，如：好學習、喜閱讀、常發表、重討論、勤寫作，並且師生時常聚會互動，經常舉辦讀書會，讀書風氣、學術風氣十分興盛，還有就是圖書出版業界也很興盛，總之，有如書香社會等。另外，就韓國社會現況而言，由於韓流之故，持續進步繁榮，成為已開發國家，未來發展確實不可限量。再者，韓國雖深受中西文化影響，但是仍然保有其獨特傳

推薦序

統文化的特色，如：強烈民族意識、維護民族文化，還有愛國愛族的「身土不二」、團結合作的「單一民族」精神、象徵「生生不息」、「不畏險惡」的國花無窮花般的韌性等，以及重視體育運動，休閒與健康並重，展現「花郎精神」活力朝氣，這些都是值得國人學習參考的。

◎筆者的韓國學術研究中心法則

最後，筆者自幼至今，始終秉持以韓國（韓民族）史的脈絡，定為韓國學術研究的中心法則，亦即將韓半島視為第二故鄉，自許韓國學術研究為唯一志業。例如：一、以檀君朝鮮「弘益人間」理念，學以致用來推進與獎助韓國語文與韓國民族文化；二、以箕子朝鮮「東拓遼東與朝鮮」使命，來開發與拓展韓國語文與韓國民族文化；三、以高句麗與渤海國「獨立自主」精神，來自學與振興韓國語文與韓國民族文化；四、以高麗「統一融合」目標，將韓國語文與韓國民

族文化爲主的韓國學術研究與韓國產官學各界一同聯盟合作；五、以韓民族聖山白頭山「屹立萬世」思想，來永續經營韓國學術研究；六、當然也包括「朝鮮學」，即北韓、中國東北朝鮮民族的研究，以及「女眞學」在內。

　　值得一提的是，在目前正就讀於韓國最高名門學府國立首爾大學博士候選人陳慶德學弟的盛情邀約下，敝人十分榮幸來爲他在書泉出版社出版的第一本韓國語學習書籍《一看就會的韓語拼音》寫推薦序，期使讀者透過本書，能有段輕鬆愉快的學習韓國語的經驗。在此敝人十分樂意極力推薦慶德學弟此本著作。

　　　　　　　　韓國高麗大學文學博士
　　　韓國西江大學韓國語教師研修課程證書

　　　　　　王永一　　教授　於
　　　國立嘉義大學通識教育中心

作者序

〔韓國語學習的方法〕

國立首爾大學博士候選人　陳慶德撰

學而時習之，不亦說乎？有朋自遠方來，不
亦樂乎？人不知而不慍，不亦君子乎？

《論語・學而》

此次很榮幸收到耕耘台灣文化事業多年
有成的書泉出版社出版的約稿，在書泉出版
社出版的第一本韓國語初級教材，同時也是
敝人的第三本韓國語初級學習書籍。

有趣的是，在接下這本書的邀稿時，
我的確很困擾，有種人說：「江郎才盡」的
感覺。因為對於已經寫作過兩本韓國語初級
學習書的作者而言，會在第三本書中有什麼
新的突破呢？或者說，會有什麼新的成長地
方？的確，這也是困擾筆者很久的一個問
題。

作為一位韓國語老師、學問的研究
者，或者應該放大言之，作為一個真實的

人，在面對過往的經驗、學習，都應該要抱持著一種反省的態度面對之；面對自己以前的作品，能獲得大家的好評，敝人深感榮幸；若有大家提出指責，敝人也虛心接受、深切反省之；因此，作為這第三本韓國語初級學習教材，敝人乃是融合自己多年的教學經驗以及寫作心得而成。簡單地舉例而言，在書的結構方面我更加仔細地注意到，為了即使身邊沒有韓文老師，也想自學的讀者而設計。例如在本書內文中，我們首先針對韓文的標音符號、韓國語拼音文字進行講解之後，再論及子音（consonant）、送氣音（aspiration）、單母音（short vowel）、複合母音（diphthong）、硬音（fortis）以及收尾音等結構。看似好像跟市面上的書籍大同小異，但其實不然。因為即使是以同樣的結構出現，寫作者的編排、選用的單字以及講解方法，都會影響到讀者的學習效果。舉例來說，坊間有些書籍，在剛開始談論子音時，有些書舉例用到的單字乃是後方單元才

會教導到的收尾音的單字。如講解「ㅅ」這個子音時，有「사자」（獅子）、「사다」（購買）等不搭配無收尾的單字可以為例，為什麼要用「사랑」（愛）這一個有收尾音的單字為例呢？徒是增加學習者的困擾不是嗎？在反省自己的寫作過程中，我注意到這一點[1]。學而時習之，不亦說乎？

　　除此之外，在基本的韓國語40音介紹的單元之中，除了針對TOPIK考試選定的單字之外，我也整理出相反或者相近的單字當作註解，建議大家學習完整本書之後，再回過頭來看看這些註解，試看看這些補充的單字是否可以拼得出來，這不也是一種，「學而

---

[1] 曾有出版社編輯很生氣地跟敝人反應，坊間有很多韓國語學習書籍的內容、單字甚至是講解，跟敝人出版過的幾本書大同小異；但是，我覺得「以文會友」。若筆者自己的東西可供他人參考，我也感到開心，因為畢竟是好的東西才有價值讓他人學習、模仿。但我自報，在面對寫作，每一本的作品都有屬於我自己的經驗、創新存在，也許是在單字、也許是在編排，或者是在講解上，而這些，是他人無法學習的。

時習之，不亦說乎？」嗎？

其次，學習完韓國語40音之後，在第三單元：「深化韓國語發音練習」中，除了數字、日期和時刻的練習，以及基本韓國語句型之外，在跟其他坊間書籍不同之處上，我加入了韓國食物名稱介紹以及首爾觀光旅行景點韓國語單字當作練習。為什麼呢？難道只圖為了增加篇幅，或者是想要標新立異跟其他韓國語學習書不同而勉強為之？不！

因為常常有一些我親愛的學生們在上完我的韓國語課、學完發音之後，來到韓國旅行拜訪我時，都興高采烈對我說：「老師，我學完發音之後，到韓國之後，都念得出我想去的地名，而且能夠問人家、找路了。」好幾次學生到韓國拜訪我時，跟我分享她們的學習經驗之後，讓我發覺這未嘗不也是一種新的學習韓國語拼音的方法呢？而在她們身上，發覺到我從來沒有注意到的學習經驗，讓我教學相長。而我那一群親愛學生的存在，不也是如同我們在上方引到的《論

作者序

語》中的：「有朋自遠方來，不亦樂乎？」一語之意嗎？

在學習韓國語的階段，與朋友多用韓國語對話，往往可以得到自己未曾注意到的心得，這不也是一種「有朋自遠方來，不亦樂乎？」嗎？

而當我自己寫作書籍也好，特別是韓國語教材（跨領域），我也常常跟學生說：「我自己算是半路出家，隻身在韓國當地語言中心學習完韓國語之後，在國立首爾大學上的課程要求的是用跟韓國人不相上下的母語能力--韓國語來解讀中、英、德文等的原文課程！」。正因為有著這樣與眾不同的學習經驗，身為所謂的非正統韓文系出身的人，在面對韓國語教學，我能做的不是堆砌一些所謂內行人都知道的「概念」（Begriff），反而是將自己吸收、體會到語言學概念利用「現象學方法」（phanomenologische Method），探討最初學習經驗的「原初起源」（Ursprung），

014

以簡單易懂的方式講解給「他人」
（Fremde）聽，即使簡單到（？）被指責
未登及所謂「韓國語系所」正統的大雅之
堂，我也不覺氣餒、怨恨。所謂「人不知而
不慍」，乃在於將寫作當作一種真實的生命
體驗、反省，分享自己所學、不虛假且不驚
遠地針對自己所言之物負責。因此，即使面
對他人眼紅的（？）指責，似乎也無須介懷
了。「人不知而不慍」一語概之。

　　的確，台灣在近幾年學習韓國語的人數
日漸增多。我還記得十幾年前，剛開始學習
韓國語之際，很多老一輩的人都會關心地詢
問：「你怎麼不學英文？不學日文？」等等
問題。事過境遷，但我想現在的韓國語學習
者多多少少也會遇到這樣的疑問吧？但是，
我也要鼓勵這些莘莘學子，只要自己真心學
習自己感興趣的，那怕是學日文也好、英文
也好，在面對他人的疑問或者諷笑時，勿用
情緒化語言與之爭執，虛心地面對自己的所
好，真實對待即可，這不也是一種「人不知

作者序

而不慍」的表現嗎？

　　至於會不會成為一位學有所成君子？我想我們都需要時間的累積與考驗了。

　　最後，本書的出版，我特別要感謝曉蘋主編的邀稿之外，她特別還邀請韓籍老師全程錄製書內大部份的韓國語。並且特地為大家設計了全台第一本在韓國語初級學習書附贈的習字帖。希望各位在學習完韓國語發音之後，也能寫出一手漂亮的韓文字。而她的細心、出版社的用心，我想各位讀者應該都是可以看得到的。除此之外，我也要特別感謝在國內各大專院校，跨領域推薦的國立高雄第一科技大學——孫思源博士（管理學院院長）、雲林科技大學——徐啓銘博士（教育部區域產學合作中心主任）以及鄒美蘭老師（國立嘉義大學韓國語老師）等人，以及感謝我韓國當地友人審稿，讓這本書更顯得精確。還有我那一群可愛的學生們，他們在課堂對於韓國語認真的態度，也讓我更加真實地面對自己寫出來的東西，謝謝。

　　當然，書中若有文字錯誤或者謬誤之處，理當由我負起全責，也敬請各方多多指教。

　　謝謝。

　　　　筆者　陳慶德　壬辰年2012年11月
　　於國立首爾大學冠岳山研究室　敬上

第一單元

韓國語拼音結構分析

第一單元：韓國語拼音結構分析

1-1 韓國語標音符號一覽

　　在進入講解之前，筆者習慣先把底下要講解的韓國語40音中所有的標音符號，做出一覽圖，方便大家以後查詢、閱讀之外，也讓大家有個概念，在這本書中，我們將會學習到什麼內容。在本書中，將會陸續講解韓國語發音的子音、單母音、複合母音、硬音以及收尾音一覽圖以及順序：

 子音　　 請聽1-1

- 14個（羅馬拼音部分前方為在初聲處發的音，後方為在終聲處發的音）

子音	ㄱ	ㄴ	ㄷ	ㄹ	ㅁ	ㅂ	ㅅ
韓式音標	기역 (gi-yeok)	니은 (ni-eun)	디귿 (di-geut)	리을 (ri-eul)	미음 (mi-eum)	비읍 (bi-eup)	시옷 (si-ot)
羅馬拼音	g/k	n/n	d/t	r/l	m/m	b/p	s/t
子音	ㅇ	ㅈ	ㅊ	ㅋ	ㅌ	ㅍ	ㅎ
韓式音標	이응 (i-eung)	지읒 (ji-eut)	치읓 (chi-eut)	키읔 (ki-euk)	티읕 (ti-eut)	피읖 (pi-eup)	히읗 (hi-eut)
羅馬拼音	無聲/ng	j/t	ch/t	k/k	t/t	p/p	h/t

 單母音　 請聽1-2

• 10個

單母音	ㅏ	ㅑ	ㅓ	ㅕ	ㅗ
韓式音標	아	야	어	여	오
羅馬拼音	a	ya	eo	yeo	o
單母音	ㅛ	ㅜ	ㅠ	―	ㅣ
韓式音標	요	우	유	으	이
羅馬拼音	yo	u	yu	eu	i

複合母音　 請聽1-3

• 11個

複合母音	ㅐ	ㅒ	ㅔ	ㅖ	ㅘ	ㅙ
韓式音標	애	얘	에	예	와	왜
羅馬拼音	ae	yae	e	ye	wa	wae
複合母音	ㅚ	ㅞ	ㅝ	ㅟ	ㅢ	
韓式音標	외	웨	워	위	의	
羅馬拼音	oe	we	wo	wi	ui	

 硬音　 請聽1-4

• 5個

硬音	ㄲ	ㄸ	ㅃ	ㅆ	ㅉ
韓式音標	쌍기역 (ssang-gi-yeok)	쌍디귿 (ssang-di-geut)	쌍비읍 (ssang-bi-eup)	쌍시옷 (ssang-si-ot)	쌍지읒 (ssang-ji-eut)
羅馬拼音	kk	tt	pp	ss	jj

 收尾音

• 27種寫法（7種發音方式）

收尾音	ㄱ	ㄴ	ㄷ	ㄹ	ㅁ	ㅂ	ㅇ	ㅅ	ㅈ
羅馬拼音	k	n	t	l	m	p	ng	t	t
收尾音	ㅊ	ㅋ	ㅌ	ㅍ	ㅎ	ㄲ	ㅆ	ㄳ	ㄵ
羅馬拼音	t	k	t	p	t	k	t	k	n
收尾音	ㄶ	ㄺ	ㄻ	ㄼ	ㄽ	ㄾ	ㄿ	ㅀ	ㅄ
羅馬拼音	n	k	m	l	l	l	p	l	p

1-2 韓國語拼音文字的結構

　　前面我們列出了所有韓國語40音的標音符號，在進入發音講解以及練習時，首要之急是要建立大家有關於韓國語拼音基本的概念，讓大家別再誤會韓國語是圈圈叉叉的文字、沒有規律可循的文字體系。

　　簡單地說，韓國語的拼音符號字型，基本上最少一定是由兩個表音符號（子音加母音。即類似我們中文注音符號，如ㄅㄧ，「低」）組合而成才可能發出聲來。

　　而最多則是有四個表音符號（收尾音一個符號不發音，如下方的說明）所組成而發出來的音（子音加母音加收尾音。類似我們中文注音符號，如ㄅㄧㄝ，「爹」）。

　　但是，和我們熟悉的注音符號標音方式所不同的，不僅僅只有上下拼音方式，還有其他三種拼音方式，共計有四種。如同下方所列：

(一) 兩個韓國語表音符號組成的構造表，有二種情況：

子音	母音

子音
母音

如：ㅅ+ㅣ=시 si
　　ㄴ+ㅏ=나 na
　　ㅁ+ㅏ=마 ma

如：ㄱ+ㅜ=구 gu
　　ㅅ+ㅜ=수 su
　　ㅇ+ㅜ=우 u

(二) 三個韓國語以上的表音符號組成的構造表，有二種情況：

子音	母音
一個（或兩個）子音	

子音
母音
子音

如：ㅁ+ㅏ+ㄴ=만 man
　　ㄱ+ㅕ+ㅇ=경 gyeong
　　ㅎ+ㅏ+ㄹ+ㅌ=핥 har

如：ㄴ+ㅜ+ㄴ=눈 nun
　　ㅎ+ㅗ+ㅇ=홍 hong
　　ㄴ+ㅗ+ㄱ=녹 nok

　　而在前面，我們看到了四種拼音結構，
首先，出現在第一個位置的，又可以稱作「初
聲」（초성）；而出現在第二個的位置的母
音，又稱爲「中聲」（중성，韓國語中的21個
母音都可以當作中聲使用）；而最後位於韓國
語拼音結構最下面的子音，又可以稱作「終
聲」（종성）或者是「收尾音」（받침）。而
有關於收尾音的詳細說明以及重要處，我們在
下一單元將會再作介紹。

第二單元

關於韓國語40音

第二單元：關於韓國語40音

2-1 子音以及送氣音

在這一個單元，我們首先要來介紹的是韓國語40音中最基本的「子音」（자음, consonant）以及「送氣音」（又稱「激音」（격음, aspiration），但在這裡我先用「送氣音」（숨이 가세게 나오는 파열음）來加以說明，理由詳見下方的講解）。

韓國語的子音總共有14個，而在講解完每個子音的發音技巧之後，會列舉出單字來幫您做練習。也請大家聽著MP3一起來朗誦，一定很快就可以掌握到這14個基本的子音。那麼，現在就讓我們開始吧！

子音（자음, consonant）

 請聽2-1-1

　　韓式音標「기역」（gi-yeok），當發此音時，將會用到像似發中文「ㄍ」時所用到的發音部位。

　　而此字當作收尾音發音時，得震動到喉部發音器官來發聲（如我們在發台語「骨」音）。

가다（ga-da）：走、去。
　　　　　　※與此相反意思的韓國語動
　　　　　　　詞是：「오다」（o-da）來。
가구（ga-gu）：家具。
기다리다（gi-da-ri-da）：等待。

　　韓式音標「니은」（ni-eun），類似我們中文的「ㄋ」的發音部位發出來的音。

　　而這個字在收尾音部分發音時，也是發「n」的音。

나무（na-mu）：樹木。
누구（nu-gu）：誰。
나비（na-bi）：蝴蝶。

ㄷ

　　韓式音標「디귿」（di-geut），即中文發
「ㄉ」的發音部位。

　　而在當做收尾音時，則是發成急促的「t」
的音。

다시（da-si）：再一次。

두부（du-bu）：豆腐。

다이어트（da-i-eo-teu）：減肥。

　　韓式音標「리을」（ri-eul），類似我們在發中文「ㄌ」一音的發音部位所發出來的音。

　　而這個字當做收尾音時，是有點稍微捲舌往前上顎頂的的「r」的音。

라디오（ra-di-o）：收音機。

우리（u-ri）：我們。

　　　　　　※韓國人指稱他們自己的國家時，不說「南韓」，而是說：「우리나라」（u-ri-na-ra, 我們的國家）。

거리（geo-ri）：距離。

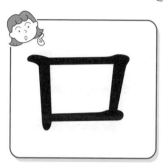

ㅁ

　　韓式音標「미음」（mi-eum），也就是我們在發中文「ㄇ」部位發出來的音。

　　而此字當作收尾音時發音，爲閉口音的「m」。

마무리（ma-mu-ri）：收尾、結束。
마시다（ma-si-da）：喝、飲用。

　　　　　　　　　※「吃」的韓國語動
　　　　　　　　　　詞即是：「먹다」
　　　　　　　　　　（meok-d）。

모자（mo-ja）：帽子。

　　韓式音標「비읍」（bi-eup），也就是我
們中文發「ㄅ」的發音部位發出來的音。

　　若此字當作收尾音發音時，則是比「ㅁ」
（m）更顯急促、更快閉口發成「p」的音。

바나나（ba-na-na）：香蕉。

　　　　　　　　　※韓國特色飲料之一：
　　　　　　　　　　「바나나우유」（ba-
　　　　　　　　　　na-na-u-yu）香蕉牛
　　　　　　　　　　奶。

비누（bi-nu）：肥皂。
바지（ba-ji）：褲子。

　　韓式音標「시옷」（si-ot），也就是我們在發中文「厶」發音部位發出來的音。

　　而此字當作收尾音時，則是急促的「t」的音。

사다（sa-da）：買。
소리（so-ri）：聲響、聲音。
사자（sa-ja）：獅子。

　　韓式音標「이응」（i-eung），當作初聲
（第一個位置時的字）時，呈現不發音的子
音。

　　而當作收尾音，則是為鼻音的「ng」（類
似中文「ㄥ」發音部位的鼻音）的音。

아기（a-gi）：嬰兒。

우유（u-yu）：牛奶。

여자（yeo-ja）：女生。

　　　　　※與此相反意思的韓國語名
　　　　　詞：「남자」（nam-ja）
　　　　　男生。

　　韓式音標「지읒」（ji-eut），也就是中文「ㅈ」發音部位所發出來的音。

　　而當作收尾音時，則是急促「t」的收音。

자리（ja-ri）：位子。

주다（ju-da）：給。

　　　　　　　※與此相反意思的韓國語動
　　　　　　　　　詞：「받다」（bat-da）收
　　　　　　　　　到。

사라지다（sa-ra-ji-da）：消失、不見。

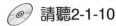

韓式音標「치읏」（chi-yut），類似中文「ㄘ」發音部位所發出來的音。

而當作收尾音時，則是收急促的「t」音。

차（cha）：茶、車子。

　　　　※如「홍차」（heung-cha）紅
　　　　　茶、「녹차」（nok-cha）綠
　　　　　茶。

차이（cha-i）：差異。

치마（chi-ma）：裙子。

　　韓式音標「키읔」（ki-euk），類似中文「ㄍ」發音部位發出來的音。

　　而當作收尾音時，則是收急促的「k」的音。

카메라（ka-me-ra）：相機。

케이크（ke-i-ku）：蛋糕。

코（ko）：鼻子。

　　韓式音標「티읕」（ti-eut），類似我們發中文「ㄊ」發音部位。

　　而此字當作收尾音時，則是急促的「t」的音。

타다（ta-da）：搭乘。

티슈（ti-sya）：紙巾、面紙。

타조（ta-ja）：鴕鳥。

韓式音標「피읖」（pi-eup），類似我們中文發「ㄆ」發音部位發出來的音。

而當作收尾音時，則是急促的「p」音。

파리（pa-ri）：蒼蠅。
피아노（pi-a-no）：鋼琴。
피부（pi-bu）：皮膚。

　　韓式音標「히읗」（hi-eut），也就是「ㄏ」發音部位發出來的音。

　　而當作收尾音時，則是急促的「t」音。

하다（ha-da）：做。

하루（ha-ru）：一天、一日。

하나（ha-na）：一。

送氣音（숨이 가세게 나오는 파열음；又稱「激音」격음, aspiration）：在學完14個子音之後，眼尖的讀者一定會看到，好像有八個基本子音的字型長得很像吧？分別就是下列的：

ㄱ、ㅋ、ㄷ、ㅌ、ㅂ、ㅍ、ㅈ、ㅊ

沒錯，這裡有著兩兩成對的四組「平音」（평음）跟「激音」（격음）的存在，但是筆者爲了方便講解，我把這個學術名詞濃厚的「激音」概念，採以「送氣音」（숨이 거세게 나오는 파열음）來說明。而大家可別被這裡的專有名詞給嚇到了，其實送氣音在中文裡也是有的，也就是如上依序分別對應中文裡的：「ㄍ」、「ㄎ」、「ㄅ」、「ㄊ」、「ㄅ」、「ㄆ」、「ㄐ」、「ㄑ」。後者皆爲前者的送氣音喔，而前者在韓國語體系中又可稱爲「平音」（평음）。

那麼問題是，我們要如何分辨送氣音以及非送氣音呢？其實大家只要在練習發音時，把

手張開，放在嘴巴前面，發「ㄅ」、「ㄆ」兩個音時，我們可以明顯地感受到，當發「ㄆ」的氣息比「ㄅ」強烈，故，「ㄆ」就是「ㄅ」的送氣音。

　　而這兩者如下表，請大家聽著MP3來區分何謂送氣音喔。

• **發音練習** 請聽2-1-15

平音（평음）	送氣音（激音, 격음）
가（ㄍㄚ）	카（ㄎㄚ）
다（ㄉㄚ）	타（ㄊㄚ）
바（ㄅㄚ）	파（ㄆㄚ）
자（ㄗㄚ）	차（ㄘㄚ）

請再聽一次MP3，務必仔細地區分出平音以及送氣音的差別。

2-2 單母音

學習完前面的子音之後，接下來我們就要來學習搭配子音發聲的「母音」系統，而在韓國語母音體系中，有著「單母音」（단모음, short vowel）以及「複合母音」（이중모음, diphthong）兩組概念，底下我們就來分別依序介紹。

同樣的，首先介紹單母音部分。韓國語單母音總共有10個，下面將依序列舉各單母音發音技巧、單字之後，請各位聽著MP3一起來進行朗誦練習。

單母音（단모음, short vowel）

就是我們所發的「ㄚ」的音。

아이（a-i）：小孩。
나라（na-ra）：國家。
아시아（a-si-a）：亞洲。

　　　　※「歐洲」的韓國語即
　　　　　為：「유럽」（yu-
　　　　　ro）。

就是我們所發的「一Y」的音。

야구（ya-gu）：棒球。

이야기（i-ya-gi）：故事、聊天。

야채（ya-chae）：蔬菜。

　　　　※與此相反意思的韓國語

　　　　　名詞：「고기」（go-

　　　　　gi）肉。

　　就是我們所發的「eo」的音，但值得注意
的是，與底下一個單母音「ㅗ」比較起來，
「ㅓ」發音嘴型是呈現比較扁的狀態。

더（deo）：多一點、更。

머리（meo-ri）：頭。

어디（eo-di）：哪裡。

就是我們所發的「yeo」的音，同樣地，與下面的另外一個單母音「ㅛ」比較起來，「ㅕ」發音嘴型呈現比較扁。

여기（yeo-gi）：這裡。
소녀（so-nyeo）：少女。
혀（hyeo）：舌頭。

　　就是我們所發的「ㄨ」的母音的嘴型，跟上方的單母音「ㅓ」比較起來，「ㅗ」嘴型呈現比較圓。

오이（o-i）：黃瓜。
오토바이（o-to-ba-i）：摩托車。
고기（go-gi）：肉。

就是我們所發的「一ㄡ」的母音的嘴型，跟上方學過的單母音「ㅛ」比較起來，「ㅛ」嘴型是呈現比較圓的狀態。

교수（님）（kyo-su-(nim)）：教授。

　　　　※韓國人習慣在地位崇高的人後
　　　　　方加上「님」（nim）「先生」
　　　　　一敬語，如這裡的「교수님」
　　　　　（kyo-su-nim）意為「教授大
　　　　　人」。

요가（yo-ga）：瑜珈。

요리（yo-ri）：料理、菜。

就是我們所發的「ㄨ」音的嘴型。

부모（bu-mo）：父母。

누나（nu-na）：姊姊（男生用）。

※與此相反的，若是女用
的狀態，則是「언니」
（eon-ni，姊姊；女生
用）。

수도（su-do）：首都。

　　就是我們所發「ー」跟「ㄨ」急速發音（變成「yu」）的母音嘴型，此母音發音請學員多加練習之。

유리（yu-ri）：玻璃。

유치（yu-chi）：幼稚。

유자차（yu-ja-cha）：柚子茶。

　　類似中文發音的「さ」發音時的嘴型，此母音發音請大家要多加練習。

그리다（geu-ri-da）：畫。

크다（keu-da）：大、高。

　　　　　　※與此相反意義的韓國語
　　　　　　　形容詞：「작다」（jak-
　　　　　　　da）小的。

모르다（mo-reu-da）：不知道。

　　　　　　　※與此相反意義的韓
　　　　　　　　國語動詞：「알
　　　　　　　　다」（al-da）知
　　　　　　　　道、懂得、明白。

 請聽2-2-10

　　類似發中文「一」的發音嘴型。

지구（ji-gu）：地球。

기도（gi-do）：祈禱、禱告。

비（bi）：雨。

2-3 複合母音

　　前面提到，在韓國語母音體系中，有「單母音」（단모음, short vowel）以及「複合母音」（이중모음, diphthong）兩組概念，前面我們介紹完單母音系列，接下來就是要來介紹複合母音，而複合母音共有11個，發音技巧以及搭配單字，依序介紹如下：

複合母音（이중모음, diphthong）

 請聽2-3-1

　　我們發英文「air」的「a」的舌位跟聲音；跟下方「ㅐ」此複合母音比較起來，「ㅐ」的舌位是比較高的。

배（bae）：肚子、船、梨子。
대표（dae-pyo）：代表。

　　　　　　※我們在前方有提到，韓國人習慣在地位崇高的人，稱呼後方加上「님」（nim）一詞，所以也可以說成：「대표

님」（dae-pyo-nim）代
表先生、大人。

소개（so-kae）：介紹。

※「自我介紹」一語爲：
「자기소개」（ja-gi-so-
kae）。有關於更多的自我
介紹的韓國語句子，敬請
參閱敝人另外一本拙作：
《簡單快樂韓國語1》
（統一出版社）。

請聽2-3-2

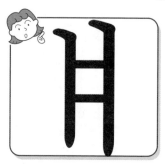

　　此複合母音的發音，類似中文「一」跟「ㄝ」急速發音而成「yae」音；和下方「ㅖ」這個複合母音比較起來，「ㅒ」舌位比較低。除此之外，這個複合母音在當代韓國語體系中有慢慢消逝的傾向。

애기（yae-gi，이야기的縮語）：聊天、講話。

애（yae，이아이的縮語）：小孩子。

　　我們發英文「egg」的「e」的舌位跟發音；跟下面的「ㅐ」這個複合母音比較起來，「ㅔ」的舌位是比較低的。

게（ge）：螃蟹。
테니스（te-ni-seu）：網球。
가게（ga-ge）：商店。

　　此複合母音的發音是類似「「ㅡ」跟「ㅔ」急速發音而成「ye」音；和下方「ㅒ」這個複合母音比較起來，「ㅖ」舌位比較低。

예보（yeo-bo）：預報。
　　　　　　　　※如「天氣預報」一詞：
　　　　　　　　　「일기예보」（il-gi-yeo-bo）。
지혜（ji-hyeo）：智慧。
예매（yeo-mae）：預購。

　　此複合母音的發音是「o」加上「a」的合成發音，發成「wa」的複合母音。

사과（sa-gwa）：蘋果。
과자（gwa-ja）：餅乾。
과제（gwa-je）：作業、課題。

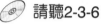

此複合母音的發音是「o」加上「ae」，合成發成「wae」的音。

왜（wae）：為什麼？

돼지（dwae-ji）：豬。

괘도（gwae-do）：壁圖、掛圖。

　　此複合母音的發音是「o」加上「e」的合成發音，發成「oe」的音。

회의（hoe-ui）：會議。

뇌（noe）：腦、腦袋。

회사（hoe-ja）：公司。

此複合母音發音是「u」加上「e」的合成發音，發成「we」的音。

웨이터（we-i-teo）：服務生。

궤도（gwe-do）：軌道。

궤변（gwe-byeon）：詭辯。

　　此複合母音發音是「u」加上「o」的合成發音，發成「wo」的音。

뭐（mwo）：什麼？

더워요（da-wo-yo）：炎熱、熱。

매워요（mae-wo-yo）：辣。

　　此複合母音發音是「u」加上「i」的合成發音，發成「wi」的音。

취미（jwi-mi）：興趣。

귀（gwi）：耳朵。

위（wi）：上方、上面。

　　　　※與此相反意義的韓國語名詞有兩
　　　　　個：「밑」（mit）、「아래」
　　　　　（a-rae）下方、下面。

　　此複合母音發音是「u」加上「i」的合成發音，發成「ui」的音，這個複合母音對於我們而言，有點難以發出此音，請多加練習。

의미（ui-mi）：意思。
의자（ui-ja）：椅子。
주의（ju-ui）：主義、注意。

學到這邊，大家會不會覺得韓國語的複合母音字型都很相近呢？但其實是有記憶、發音技巧來加以區分這些複合母音的；而下面就是筆者將經常要提醒大家的內容，加上整理出來的發音技巧，以及複合母音拼字結構來跟大家分享，希望大家特別注意。

• 發音技巧

第一點，關於母音「애」、「에」發音技巧：我們在前面說過因為這兩發音位置相近，故發出來的音類似，進而讓韓國人常寫錯拼字，但嚴格的區分乃是：

「애」：舌位比較高，如發英文的air的a音的方式。

「에」：舌位比較低，如發英文的egg的e音的方式。

第二點，複合母音之所以為複合母音的原因在於：都是由兩個單母音配合而成的音。如下所列：

「ㅒ」這個複母音是「ㅣ」（i）＋「ㅐ」（ae），發音成「ㅒ」（yae）。

「ㅖ」這個複母音是「ㅣ」（i）＋「ㅔ」（e），發音成「ㅖ」（ye）。

「ㅘ」這個複母音是「ㅗ」（o）＋「ㅏ」（a），發音成「ㅘ」（wa）。

「ㅚ」這個複母音是「ㅗ」（o）＋

「ㅣ」（i），發音成「ㅚ」（oe）。

　「ㅙ」這個複母音是「ㅗ」（o）＋
「ㅐ」（ae），發音成「ㅙ」（wae）。

　「ㅞ」這個複母音是「ㅜ」（u）＋
「ㅔ」（e），發音成「ㅞ」（we）。

　「ㅝ」這個複母音是「ㅜ」（u）＋
「ㅓ」（eo），發音成「ㅝ」（wo）。

　「ㅟ」這個複母音是「ㅜ」（u）＋
「ㅣ」（i），發音成「ㅟ」（wi）。

　「ㅢ」這個複母音是「ㅡ」（eu）＋
「ㅣ」（i），發音成「ㅢ」。

　第三點，三組複合母音（예-애， 의， 왜-
외-웨）發音技巧在於：

　1. 複合母音「ㅐ」、「ㅔ」若配合不發音
　　　子音「ㅇ」時，必須發／애／、／에／
　　　的原音，如：예／에／：是。

　　　但若是「ㅐ」、「ㅔ」搭配其他子音
　　　時，因配合人體發音器官的方便，可唸
　　　成「ㅔ」的音。如下面兩個例子：

시계（si-gye）/ 세게（se-ge）/ ：手
錶；
계획（gya-hoek）/ 계획（ge-hoek）/
：計畫。

2.「ㅢ」的音發音規則：

(1)「의」出現在單詞第一個位置時，
要標準地唸成／의／的音，但是在
其它的位置唸成／이／的音，如底
下例字：

의사／의사（ui-ja）/ ：醫生

주의／주이（ju-i）/ ：主義

(2) 當作助詞所有格（即中文的：我
「的」帽子、你「的」鞋子）意思
的「의」，為了發音方便，可唸成
「에」。

如：누나의 시계（nu-na-ui si-gye）/
　　누나에 시게（nu-na-e si-ge）/
　　：姊姊的手錶。

3. 「ㅒ」、「ㅚ」和「ㅖ」發音規則：
   「ㅒ」、「ㅚ」和「ㅖ」，雖有細微的
   發音差別，但因爲人體發音器官的發音
   位置相近，我們可以以相同的音來發
   音。

2-4 硬音

　　接下來，我們要來介紹在韓國語40音中，把音發得比較重的音，也就是類似我們中文聲調的四聲，因此，韓國語也把這5個音稱為：「硬音」（경음, fortis）。在韓國語語音學上，韓式音標把第一個硬音「쌍기역」定稱為「雙기역」一語，也就是強調它的重音部分，所以大家別忘記，在發這五個硬音時，記得要把音發得比較重一點。

　　此字的發音就是在發「가」（ga）音時，
用中文的四聲發重音，形成「까」（kka）音。
韓式音標讀作「쌍기역」（ssang-gi-yeok）。

꼬리（kko-ri）：尾巴。
토끼（to-kki）：兔子。
끼다（kki-da）：夾住。

　　此字的發音就是在發「다」（da）音時，用中文的四聲發重音，形成「따」（tta）音。韓式音標讀作「쌍디귿」（ssang-di-geut）。

따다（tta-da）：採、摘下。
어때요（eo-ttae-yo）：怎麼樣？如何？
머리띠（meo-ri-tti）：髮圈。

ㅃ

此字的發音就是在發「바」（ba）音時，用中文的四聲發重音，形成「빠」（ppa）音。韓式音標讀作「쌍비읍」（ssang-bi-eup）。

아빠（a-ppa）：爸爸（小朋友用）。

오빠（o-ppa）：哥哥（女生用）。

　　　　　※男生用的稱呼則是：

　　　　　「형」（hyeong）哥哥；

　　　　　男生用。

뿌리（ppa-ri）：根源、根基。

　　　　　※如中文一詞「樹根」，韓

　　　　　國語即爲：「나무뿌리」

　　　　　（na-mu-ppa-ri）。

　　此字的發音就是在發「사」（sa）音時，用中文的四聲發重音，形成「싸」（ssa）音。韓式音標讀作「쌍시옷」（ssang-si-ot）。

싸다（ssa-da）：便宜。
　　　　　　　　※與此相反意思的韓國語形
　　　　　　　　　容詞，「비싸다」（bi-
　　　　　　　　　ssa-da）昂貴的。
쓰다（sseu-da）：寫、花費（錢）、苦。
이쑤시개（i-ssu-si-kae）：牙籤。

　　此字的發音就是在發「자」（ja）音時，
用中文的四聲發重音，形成「짜」（ssa）音。
韓式音標讀作「쌍지읒」（ssang-ji-eut）。

짜다（ssa-da）：鹹的。
찌개（jja-kae）：火鍋。
　　　　　　　※韓國有名的鍋類之一：
　　　　　　　　「부대찌개」（bu-dae-
　　　　　　　　jja-kae）部隊火鍋。
찌다（jji-da）：蒸。

　　大家有抓到其中發硬音的訣竅了嗎？那麼
在這裡，下面我們就列出平音、送氣音以及剛
剛學到的硬音之一覽表，並透過MP3來讓大家
分辨這三組發音的不同之處。

請聽2-4-6

平音	送氣音	硬音
가	카	까
다	타	따
바	파	빠
사	X	싸
자	차	짜

• 韓國語歷史小常識：韓國語的起源

在這裡，除了學習韓國語發音之外，筆者也希望能夠稍微介紹一下韓國語的起源給大家認識，補充基本的韓國語常識給大家知道。

首先，筆者就簡單地來介紹，當代韓國語的創制起源——「訓民正音」（훈민정음）的故事。

根據歷史的記載，1443年，李氏朝鮮時代——世宗大王（세종대왕, 1397-1450）召集了集賢殿鄭麟趾（정인지, 1396-1478）等學士，根據當時朝鮮語的音韻結構以及參考中國音韻學，創製了專門紀錄朝鮮語音韻的文字。這種文字在當時大家都稱它為：「諺文（或彥文）」，而官方頒佈的正式名稱為《訓民正音》。到了二十世紀初，我們改以「한글」（hangeul）這一名稱稱呼之。

而關於創製這種文字的動機，我們可以從《訓民正音》的序章得知：

國之語音。異乎中國。與文字不相流通。

故愚民有所欲言而終不得伸其情者多矣。予爲此憫然。新制二十八字。欲使人人易習。便於日用耳[1]。

　　而這種文字剛問世的時候，遭到了韓國上流社會人士的排斥。有的官員甚至要求世宗廢除此種文字，因爲他們怕這種文字被中國人知道，會被嘲笑爲蠻夷之邦使用的「夷字」。

　　當然就現存的古代文獻，我們可以看到不少的官員在私底下使用諺文，因爲跟漢字比較起來，諺文是比較容易書寫、學習的。

　　但是，世宗大王究竟是靠什麼原理來發明「訓民正音」此制字體系呢？就目前在韓國當地的聲韻學學者研究報告[2]，主要認爲「訓民正音」的標音符號起源有十大可能，分述如下：

---

[1]　如下：因為本國的發音、聲調跟中國不盡相同，所以我國的文字和中國漢字往往無法互相流通，但是我們的人民還是需要講話、溝通，鑑於此，我特地新創了二十八個音標，方便我們人民學習，以便於利於在日常生活中使用。

[2]　以下的起源說，參考自姜信沆《訓民正音研究》·【訓民正音起源說】一章節（韓文資料）。

　　第一、像人體發音器官起源說：我們一直認爲韓國語是一種「拼音文字」，但是在原初設計「訓民正音」，世宗大王其實是想模仿中國「六書說」（象形、形聲、指事、會意、轉注、假借），形成一種象形文字，但中文實在太美且衍生新字的繁殖能力太強，如中文的「江」、「海」、「溪」……等等，有「水」字邊的文字，大多指向與「水」有關的事物。這並非只有當初二十八個音標可以輕易創造出來的。但是我們可以在最原初的「訓民正音」版本，看到世宗大王的企圖心。此說主要的依據是在，《訓民正音》‧〔解例篇〕：「正音二十八字，各象（人體發音器官之形；筆者註）其形而制之。」

　　第二、古篆起源說：此說主要是依韓國史書，《世宗實錄》中，世宗25年12月記載：「是月上親製諺文二十八字，其字倣古篆」。

　　第三、梵字起源說：在韓國古代有幾位學者支持此論點。如成俔（1439-1504），《慵齋叢話》：「其字體，依梵字爲之。」以及李晬

光（1563-1639），《芝峰類話》：「我國諺書字樣，全倣梵字」。為佐證之。

第四、蒙古字起源說：此說主要是韓國兩位有名的儒學家所主張，李瀷（1681-1763）：《星湖僿說》以及柳僖（1773-1837）《諺文志》記載：「我世宗朝命詞臣，依蒙古字樣……以製，諺文雖刱（音：創）於蒙古，成於我東」。

第五、蒙古八思巴文字起源說：主要是來自李能和（1869-1943）《朝鮮佛教通史》，認為韓國語是參考中國的字母法，以及加上印度的梵文、八思巴文而成。

第六、高麗時代文字起源說：申景濬（旅庵，1712-1781）《韻解訓民正音》中主張是和高麗時代文字有關連，但此說不受主流接受。

第七、義理、象數起源說：因為韓國語字形多是由橫豎直線而成，如ㄷ、ㅁ或者是圓形ㅇ，故此文字特徵與中國象數、易經以陰、陽（ㄴㄱ陰及陽一）極為相似的特性，故有此一說。

　　第八、像古代窗戶形狀起源說：這一說法很有趣，主要是德國學者，P. Andres Eckardt主張的，也就是我們在前方看到，韓國語的拼音結構總共有四種，書寫狀也有四種，也就是不能超出像窗戶一般「田」字框框之外。

　　第九、【起一成文】起源說：此說主張者，認爲韓國語的創造，起源自中國學者鄭樵（1104-1160）的「六書略」中的【起一成文圖】而來，【起一成文圖】中記載著：

　　衡爲一、從爲｜、邪｜爲丿，反丿爲乀，至乀而窮。折一爲┐、反┐爲┌、轉┌爲└、反└爲┘，至┘而窮。折一爲┐者側也。有側有正，正折爲∧、轉∧爲∨、側∨爲＜、反＜爲＞，至＞而窮。一再折爲∏、轉∏爲凵、側凵爲匚、反匚爲コ，至コ而窮。引而繞合之，方則爲□、圓則爲○，至圓則環轉無異勢，一之道盡矣

　　第十、諸如其他起源說：有的言「訓民正音」起源自西藏文字、八里文字、或者是契丹文字等等。

　　而發明韓國語的世宗大王，在現今韓國當代社會也是備受尊重，如我們來到韓國常常可以看到以「世宗」為名的建築物、美術館或者是道路，甚至在韓國的一萬元面值紙鈔上面的人頭像，就是他們以引為傲的世宗大王肖像，可見韓國人對於他們語言的發明者是多麼地景仰以及尊敬，而這也是他們的無形文化財，值得我們學習。

　　※有關於更多韓國語的說明，因為篇幅關係無法繼續說明，有興趣的讀者敬請參閱敝人另一拙作《簡單快樂韓國語1》（統一出版社）。

2-5 收尾音

我們在前面章節，有分析到韓國語拼音結構，即出現在第三、四種拼音方式最後面位置的音，我們可以稱之爲「終聲」（종성, a final consonant）或者是「收尾音」（받침）。

筆者在這裡要特別提醒，韓國語音中的收尾音十分重要，因爲若稍微發音不準，或者嫌收尾音難發，而省略不發的話，那麼帶有收尾音的單詞，十之八九韓國人是無法辨聽其音的。

其次，當我們之後學習到韓文文法時，在韓文文法搭配的型態中，大多也是會端看韓國語的單詞是否有收尾音來決定。所以，我覺得收尾音是韓國語發音中，最難學也必須要特別注意的一個關鍵處。

而韓國語的「收尾音」代表音總共只有七種音，但是寫法則是有27種；也就是說，寫法不一樣，但是都發同樣的音，例如等一下我們所舉例的「ㄷ」這個收尾音。

　　首先，我們先把這個七個收尾音代表音的
發音技巧，以及例字列表如下：

請聽2-5-1

以單子音為收尾音，共七音	例字	發音
ㄱ	국	發音是台語的「骨頭」的「骨」音。
ㄴ	안	發音是國語的「安」。
ㄷ	탇	發音是台語的「踢」音。
ㄹ	얼	發音是國語的「而」的音。
ㅁ	람	發音是國語的「藍」的音。與ㅂ比較起來，合口比較慢
ㅂ	합	發音是台語的「合起來」的「合」音。與ㅁ比較起來，合口比較快。
ㅇ	양	發音是國語的「羊」，鼻音。

　　練習完上面的發音之後，我們同樣地先舉
出收尾音的發音技巧以及單字，最後再來跟大
家講解收尾音的結構。

收尾音（받침）

 請聽2-5-2

　　「ㄱ」位於收尾音部分時，別忘記發這個音就類似我們發台語的「骨」（g），喉部一定要振動。

학교（hak-gyo）：學校。

　　　　　　　※中文「大學」（Universität）一詞，在韓國語中則為漢字的：「대학교」（dae-hak-gyo）大學校。

기억（gi-eok）：記憶。

미국（mi-guk）：美國。

　　「ㄴ」位於收尾音部分，發音類似我們中文的「安」（n）的音。

선배（seon-bae）：學長姐、前輩。

　　　　　　　※與此相反意思的韓國語
　　　　　　　　名詞：「후배」（hu-
　　　　　　　　bae）學弟妹、後輩。

라면（ra-myaon）：泡麵。
진리（jin-ri）：眞理。

ㄷ

　　「ㄷ」位於收尾音部分，發音時類似我們台語的「踢」（t），呈現急速的「t」發音。（下方單字雖然收尾音非「ㄷ」，但發音都是「t」音，詳見之後的說明）

듣다（deut-da）：聽。

닫다（dat-da）：關。

짓다（jis-da）：建蓋（房子）、攪拌（咖啡）。

　　※剛剛，我們有說到，收尾音的字型不同，但是發出來的都是同樣的音，以此收尾音最明顯。

꽃（kkot）：花。

낮（na）：白天。

「ㄹ」位於收尾音部分，發音關鍵是在捲舌，也就是要把舌頭稍微捲起來，往前頂上顎而發出來的捲舌音。

철학（cheol-ak）：哲學。

서울대（seo-ul-dae）：首爾大學。

　　※韓國有名的三大名校-S.K.Y.，除了國立首爾大學（서울대학교）（seo-ul-dae-hak-gyo）之外，其他兩間爲：「고려대」（gu-ryeo-dae）高麗大學以及「연세대」（yeon-se-dae）延世大學。

비밀（bi-mil）：秘密。

請聽2-5-6

　　「ㅁ」位於收尾音部分，發「m」的閉口音。

남자（nam-ja）：男生。
곰（gom）：熊。
사람（sa-ram）：人。

　　「ㅂ」位於收尾音部分，也是一個閉口音，但是閉口的速度比「ㅁ」快，因為若是閉口太慢，則會變成「ㅁ」的發音，請特別注意。

춥다（chup-da）：寒冷、冷。

비빔밥（bi-bim-bap）：石鍋拌飯。

※韓國最有名的石鍋拌飯的乃是在：「전주」
　（jeon-ju, 全州），所以很多餐廳都會以「전주비빔밥」（jeon-ju-bi-bim-bap）為菜單來
　販售石鍋拌飯。

수업（su-eop）：課程、課業。

　　「ㅇ」位於收尾音時，即爲鼻音的「ng」，類似中文「ㄥ」發音部分的鼻音。

왕자（wang-ja）：王子。

공원（gong-won）：公園。

사랑하다（sa-rang-ha-da）：愛。

※爲什麼收尾音的發音正確與否重要的原因在於，若是我們收尾音發成「ㅁ」的音的話，就變成「사람」（sa-ram）人的意思了。

　　前面我們練習完收尾音的七個代表音之後，大家有沒有抓到發音訣竅呢？

　　在韓國語的「收尾音」結構中，總共有兩種型態，第一種是：以單子音為收尾音，我們稱作為「홑받침」（hor-bat-chim），也就是我們在前面學習到的單字，每個都是只有一個收尾音字型。

　　但是比較令人困擾的是第二種型態，也就是以兩個子音字形當作收尾音的狀態，稱作「겹받침」（gyeop-bat-chim）。由於本書是一本基礎的韓國語發音入門，並不打算如同一本發音規則大全般地整理出韓國語體系中複雜的發音規則。在這裡，筆者就以「겹받침」常用到的六項發音規則加以介紹：

　　1. 收尾音是：ㄲ、ㅋ要發成ㄱ（k）的音。

　　如：닦다（dakk-da）／닥따（dak-tta）／（擦、刷）

　　2. 收尾音是：ㅅ、ㅆ、ㅈ、ㅉ、ㅊ、ㅌ要發成ㄷ的音。

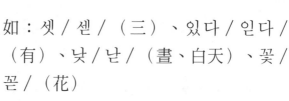

　　如：셋 / 센 / （三）、있다 / 읻다 /
　　（有）、낮 / 낟 / （晝、白天）、꽃 /
　　꼳 / （花）

3. 收尾音是：ㅍ要發成ㅂ的音。
　　如：앞 / 압 / （前方）、높다 / 놉다 /
　　（高的）

4. 收尾音是：ㅄ、ㄳ、ㄽ、ㄾ、ㄵ要發第
　　一個音。
　　如：없다 / 업따 / （沒有）、넋 / 넉 /
　　（魂）、외곬 / 외골 / （單方面）、
　　핥다 / 할따 / （舔）、앉다 / 안따 /
　　（坐）

5. 收尾音是：ㄿ、ㄻ要發第二個音。
　　如：읊다 / 읍따 / （吟誦、朗讀）、삶
　　/ 삼 / （生命、生活）

6. 收尾音是：ㄺ、ㄼ則是呈不規則發音。
　　如：맑다 / 막따 / （清澈、明亮的）、
　　但是後方是「ㄱ」的話，會變成要發
　　「ㄹ」的音。
　　如：맑게 / 말게 / （清澈地）

여덟 / 여덜 / （八）

但若後方是子音的話，「ㄼ」要發
「ㅂ」的音。

如：밟다 / 밥따 / （踩、踏）

總結來說，我們可以用底下此圖表來概括
收尾音的所有『寫法』（字型）：

ㄱ	ㄴ	ㄷ	ㄹ	ㅁ	ㅂ	ㅇ	ㅅ	ㅈ
ㅊ	ㅋ	ㅌ	ㅍ	ㅎ	ㄲ	ㅆ	ㄳ	ㄵ
ㄶ	ㄺ	ㄻ	ㄼ	ㄽ	ㄾ	ㄿ	ㅀ	ㅄ

※雖然這邊列出來的收尾音字型有將近27個，
但是發音（唸法）只有七種方式，七個代表
音，也就是表格第一行：「ㄱ、ㄴ、ㄷ、
ㄹ、ㅁ、ㅂ、ㅇ」，如我們剛剛在前面所舉
例的「ㄷ」收尾音的狀況，單字收尾音字型
不同，但是發音都是一樣的。

第三單元

深入韓國語的發音練習

3-1 韓國語基數兩大體系——漢字音基數數字以及純韓文基數數字

　　數字可以說與我們的生活息息相關，不管學習哪種語言，最基本的練習乃是學習該語言的數字體系，學習韓國語當然也不例外。

　　韓國語的數字「基數」（양수사, Cardinal Numerals）有兩個最基本的體系，即：「漢字音基數數字」（한자어 양수사, Sino-Korean Cardinal Numerals）和「純韓文基數數字」（한글 양수사, Pure Korean Cardinal Numerals）；我們在下面將依序認識此兩種數字體系之後，再列舉對話、例句來讓大家來練習。

• 漢字音基數體系

 請聽3-1-1

韓文	영	일	이	삼	사	오	육	칠	팔	구	십
羅馬拼音	yeong	il	i	sam	sa	o	yuk	chil	pal	gu	sip
中文	零	一	二	三	四	五	六	七	八	九	十
韓文	십일	십이	십삼	십사	십오	십육	십칠	십팔	십구	이십	삼십
羅馬拼音	sip-il	sip-i	sip-sam	sip-sa	sip-o	sip-yuk	sip-chil	sip-pal	sip-gu	i-sip	sam-sip
中文	十一	十二	十三	十四	十五	十六	十七	十八	十九	二十	三十
韓文	사십	오십	육십	칠십	팔십	구십	백	천	만	억	
羅馬拼音	sa-sip	o-sip	yuk-sip	chil-sip	pal-sip	gu-sip	baek	cheon	man	eok	
中文	四十	五十	六十	七十	八十	九十	百	千	萬	億	

※特殊狀況：

1. 육+월（月）→ㄱ脫落，發音以及寫作用유월（六月），如：유월 오일입니다.（六月五日）。

2. 십+월（月）→ㅂ脫落，發音以及寫作用시월（十月），如：시월 이십일일입니다.（十月二十一日）。

• 純韓文基數體系

請聽3-1-2

韓文	공	하나/한	둘/두	셋/세	넷/네	다섯	여섯	일곱	여덟	아홉	열
羅馬拼音	gong	ha-na/han	dul/du	set/se	net/ne	da-seot	yeo-seot	il-gop	yeo-deol	a-hop	yeol
中文	0	1	2	3	4	5	6	7	8	9	10
韓文	스물	서른	마흔	쉰	예순	일흔	여든	아흔			
羅馬拼音	seu-mul	seo-reun	ma-heun	swin	ye-sun	il-heun	yeo-deun	a-heun			
中文	20	30	40	50	60	70	80	90			

※特殊狀況：스물（二十）＋살（歲），當數字「二十」與「量詞（歲）」搭配時，會變成「冠形詞」（관형사；Modifier Form）用來修飾後面的名詞時→ㄹ會脫落，所以「二十歲」的韓國語發音以及寫作皆是：「스무 살」。

3-2 韓國語數字應用與練習

我們在前面學習完韓國語最基本的兩個數字體系，接下來筆者就稍微舉出最常應用到數字的實例和狀況，來加以說明。

1. 首先，當我們詢問價錢、或者表示年月日，皆是使用漢字音數字體系，如下方問句：

🔊 請聽3-2-1

가：우유가 얼마예요?

牛奶多少錢呢？

나：천 오백원입니다.

一千五百元。

※要特別提醒各位的是，韓國語中的「一百元」、「一千元」以及「一萬元」，前面不加「一」的韓文數字，而是直接說成「百元」（백원）、「千元」（천원）以及「萬元」（만원）。這也是初學者剛開始學習韓國語時，最容易犯的小錯誤，請特別注

意。

再舉一例，詢問他人生日時：

請聽3-2-2

가 : 생일이 언제예요?

妳生日什麼時候呢？

나 : 구월 이십이일이에요.

九月二十二日。

2. 其次是，純韓文基數數字體系。在日常
生活中，最常應用到的狀況就是「表達
自己的年紀」（所以筆者建議把自己的
年紀數字背下來喔，這樣子這兩個數字
體系就不會搞混了），以及「回答幾
點」的時候會用到，如下面兩個例子：

請聽3-2-3

가 : 몇 살입니까?

你幾歲了？

나 : 서른 두 살입니다.

我32歲。

가 : 실례합니다, 지금 몇 시입니까?

　　不好意思，請問現在幾點？

나 : 열한 시 오분입니다.

　　11點5分。

※初學者必須注意，且常犯的錯誤，也
　就是回答時間的幾點幾分時，幾點用
　的是「韓文基數數字」，而幾分鐘用
　的是「漢字音基數體系」喔！

3-3 日期以及時刻

　　除了數字之外，在日常生活中，我們常常使用到的日期以及時刻也很重要。那麼大家知道要如何來表達嗎？接下來我們就趕緊來學學看吧！

• 星期、日期　　請聽3-3-1

韓文	월요일	화요일	수요일	목요일	금요일	토요일	일요일
羅馬拼音	wo-ryo-il	hwa-yo-il	su-yo-il	mo-gyo-il	geu-myo-il	to-yu-il	i-ryo-il
中文	星期一	星期二	星期三	星期四	星期五	星期六	星期日

• 時間1　　請聽3-3-2

韓文	그저께 / 그제	어저께 / 어제	오늘	내일	모레
羅馬拼音	geu-jeo-kke/ geu-je	eo-jeo-kke/ eo-je	o-neul	nae-il	mo-re
中文	前天	昨天	今天	明天	後天

• 時間2　　請聽3-3-3

韓文	아침	점심	저녁	새벽
羅馬拼音	a-chim	jeom-sim	jeo-nyeok	sae-baek
中文	早上	中午	晚上	清晨

請聽3-3-4

가 : 오늘 무슨 요일이에요?
今天星期幾?

나 : 오늘은 수요일이에요.
今天是星期三。

나 : 오늘은 이천십이년 십일월 팔일 목요일
입니다.
今天是2012年十一月八日星期四。

가 : 오늘 몇 월 며칠이에요?
今天是幾月幾號?

나 : 구월 이십이일이에요.
九月二十二日。

3-4 怎麼點韓國菜、認識韓國料理

　　我們分別在前面章節學完了所有韓國語40音的拼音，以及數字、日期和時刻等。接下來的章節，我們就來認識一下韓國食物的名稱。因爲近年到韓國旅行的國人越來越多，希望學完本書的讀者們親自到韓國觀光、旅行時，能在旅行中開口說韓國語，試著自己點道地的韓國料理。下面就是筆者整理出來在韓國當地常見的飲食，分爲「正餐類」以及「小吃類」兩類，以及基本的句型，讓大家來進行練習。

- 正餐類 請聽3-4-1

　韓定食：한정식（han-jeong-sik）

　牛骨湯：설렁탕（seol-ring-tang）

　豬腳：족발（jok-pal）

　馬鈴薯排骨湯：감자탕（gam-ja-tang）

　炸醬麵：짜장면（jja-jeong-myeon）

　蒸雞：찜닭（jjim-dal）

　蔘雞湯：삼계탕（sam-gye-otang）

　炒雞排：닭갈비（dal-gal-bi）

　炸豬排：돈까스（don-kka-seu）

　辣炒豬肉飯：제육덮밥（je-yuk-deop-bap）

　海鮮湯麵：해물짬뽕（hae-mul-jjam-ppong）

　蝦子炒飯：새우볶음밥（sae-u-bokk-eum-bap）

　炒飯：볶음밥（bokk-eum-bap）

　水餃：물만두（mul-man-du）

　煎餃：군만두（gun-man-du）

　辣炒小章魚：쭈꾸미（jju-kku-mi）

　部隊火鍋：부대찌개（bu-dae-jji-gae）

義大利麵：스파게티（seu-pa-je-ti）

比薩：피자（pi-ja）

- 小吃類  請聽3-4-2

泡菜煎餅：김치전（gim-chi-jeon）

黑輪：오뎅（o-deng）

辣炒年糕：떡볶이（ddeok-bokk-i）

拉麵：라면（ra-myeon）

紫菜包飯：김밥（gim-bap）

血腸（韓式香腸）：순대（sun-dae）

炸物：튀김（twi-gim）

熱狗：핫도그（hat-do-geu）

炒蠶蛹：번데기（beo-de-gi）

雞肉串：닭꼬치（dak-kko-chi）

玉蜀黍：옥수수（ok-su-su）

甜南瓜餅：호떡（ho-tteok）

烏龍麵：우동（u-dong）

肉包：고기만두（go-gi-man-du）

實用句子的練習，如下面四句話：

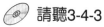 請聽3-4-3

1.（菜名）＋주세요.
　　　　　　 ju se yo
　請給我（菜名）。

　例如：

　떡볶이　　　주세요.
　ddeok-bokk-i　ju se yo
　請給我辣炒年糕。

2.（菜名）＋이인분　좀　주세요.
　　　　　　 i in bun　jom　ju se yo
　請給我兩人份的（菜名）。

　例如：

　삼겹살　　　이인분　좀　주세요.
　sam gyop sal　i in bun　jom　ju se yo
　請給我兩人份的五花肉。

3. 계산해　　주세요.
　 gye san hae　ju se yo
　請幫我結帳。

4. 다 얼마예요?
　 da eol ma ye yo
　全部多少錢？

3-5 韓國首爾附近的觀光旅行景點

　　學習完韓國料理的名稱之後，在這裡筆者要請大家學習的就是一些國人前往韓國觀光時，常常去的觀光名勝。我想大家或許很好奇，爲什麼要收錄這些地名呢？因爲就如同筆者在自序中提到，就筆者教學相長的經驗，常常有一些學生在上完我的韓國語課、學完發音之後，來到韓國旅行拜訪我時，都興高采烈地跟我分享她們的學習經驗，那就是：「老師，我學完發音之後，到了韓國，都念得出我想去的地名，而且能開口問人、找路了。」的確，這未嘗不是一種最實用的學習方法呢？藉由在當地活用地名來複習、練習所學的韓國語拼音。

 請聽3-5

東大門：동대문（dong-dae-mun）

南大門：남대문（nam-tae-mun）

漢江：한강（han-gang）

仁寺洞：인사동（in-sa-dong）

明洞：명동（myeong-dong）

明洞教堂：명동성당（myeong-dong-
　　　　　seong-dang）

清溪川：청계천（cheong-gye-chon）

新村：신촌（sin-chon）

汝矣島：여의도（yeo-ui-do）

昌德宮：창덕궁（chang-deok-gung）

大學路：대학로（dae-hak-ro）

宗廟：종묘（jo-myo）

昌慶宮：창경궁（chang-gyeong-gung）

景福宮：경복궁（gyeong-bok-gung）

蠶室綜合運動場：잠실종합운동장
　　　　　（jam-seul-jo-hap-un-dong-
　　　　　jang）

三清洞：삼청동（sam-cheong-dong）

江南：강남（gang-nam）

狎鷗亭：압구정（ap-gu-jeong）

南怡島：남이섬（nam-i-seom）

雪嶽山：설악산（seol-ak-san）

水源：수원（su-won）

鐘路：종로（jong-ro）

市廳：시청（si-cheong）

仁川：인천（in-cheon）

德壽宮：덕수궁（deok-su-gung）

南山谷韓屋村：남산골한옥마을

（nam-san-gol-han-ma-eul）

奧林匹克公園：올림픽공원

（ol-rim-pik-gong-wom）

KBS電視台：KBS방송국

（bang-song-guk）

樂天世界：롯데월드（ro-de-wol-deu）

樂天超市：롯데마트（ro-de-ma-teu）

南山公園：남산공원

（nam-san-gong-wom）

N首爾塔：N서울타워（seo-ul-ta-wo）

愛寶樂園：에버랜드（e-beo-raen-deu）
北村：북촌（buk-chon）
貞洞劇場：정동극장
　　　　　　（jeong-dong-geuk-jang）
梨泰院：이태원（i-tae-won）
首爾火車站：서울역（seo-ul-yeok）
希望市場：희망시장（hul-mang-si-jang）
63大樓：63빌딩（bil-ding）
COEX商場：코엑스（ko-eok-seu）

　　值得一提的是，近幾年韓國推廣觀光，韓流的文化產業可以說是蓬勃發展，當然市面上也有很多有關於韓國自助旅行的書問世。但是筆者還是強力推薦，利用與世界無時差的網路世界，隨時可以得知韓國當地的氣溫、節慶活動以及新景點等等資訊，而下列也是筆者常常利用的「韓國觀光公社」的中文網頁官方網址，值得推薦給大家出國前、或者想要進一步了解韓國相關資訊時，都可以上下列的網址進行查閱：http：//big5chinese.visitkorea.or.kr/cht/index.kto

3-6 「連音」規則以及基本韓國語 句型66句

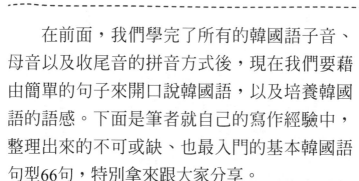

在前面，我們學完了所有的韓國語子音、母音以及收尾音的拼音方式後，現在我們要藉由簡單的句子來開口說韓國語，以及培養韓國語的語感。下面是筆者就自己的寫作經驗中，整理出來的不可或缺、也最入門的基本韓國語句型66句，特別拿來跟大家分享。

當然在這裡，筆者因爲篇幅的關係，省略了語言脈絡說明，而採取一般的註解，但是當作句子使用，意思並不會相差太多的，當然若是對於韓國語句型「語境」、「脈絡」感興趣的讀者，請參閱筆者的其他作品。

而在這裡，要提醒大家的是，許多人有種迷思，認爲音要發得準，人家才聽得懂，所以在學習韓國語時，大家很容易迷失在一個字一個字都要對準音拼出來，但其實不盡然。

在筆者多年的教學經驗下，往往對剛開始上我的課學生說，韓國語其實有很多發音規

則，但是大家在最基礎的階段，只要懂得「連音」現象就可以囉。至於什麼「破音化」（격음화）、「硬音化」（경음화）、「顎音化」（구개음화）等等發音規則，是以後的事情了。何況人在講話，怎麼可能還去想這些發音規則呢？

於是，我們的問題來到什麼叫做「連音」（연음, linking）現象呢？在這裡筆者不繁瑣地引用韓國文教部在1998年1月19日頒佈的告示第88-1號以及88-2號（分別為韓國語的「正字法」（한글 맞춤법），以及「標準發音法」（표준 발음법）。關於這一方面的發音規則，有興趣的讀者請參考本人的其他作品。在這裡將簡單地介紹「連音」規則：也就是當前方字有收尾音時，緊接在後方是不發聲的母音（ㅇ、ㅎ）時，前字的收尾音在口語上會連音到此無發出聲音的母音位置上，但是在寫作時，前方字的收尾音可不能移過去，所以聽到的音跟字會不一樣的道理就在這裡，而這也是韓國人，或者應該說，聽寫拼音文字常常出

現的寫錯字最主要的原因（如同英文的「kiss you」，講快一點，you的音就會被連過去）。

　　而在上面我們提到的「連音」現象，可以以下面幾個單字為例：

　　1. 연음（連音）→〔여늠〕

　　2. 외국인（外國人）→〔외구긴〕

　　3. 한국어（韓國語）→〔한구거〕

　　4. 철학（哲學）→〔처락〕

　　在下方將會我們學習到常用的66個句型，大家可以稍微注意一下，哪裡出現連音現象喔。

　　📀 請聽3-6

　　1. 안녕하세요.
　　　　你好。

　　2. 안녕하십니까?
　　　　您好？

　　3. 안녕히 가세요.
　　　　再見。

4. 안녕히 계세요.
   請留步。

5. 잘 자요.
   晚安。

6. 안녕히 주무세요.
   晚安。

7. 알겠어요.
   我知道了。

8. 모르겠어요.
   我不知道。

9. 화이팅.
   加油。

10. 힘내요.
    加油、提起精神來喔。

11. 생일 축하합니다.
    祝您生日快樂。

12. 사랑해요.
    我愛妳。

13. 행복하세요.
    祝您幸福。

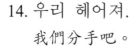

14. 우리 헤어져.
    我們分手吧。

15. 이것이 얼마예요?
    這個多少錢？

16. 좀 깎아 주세요.
    請算我便宜點。

17. 싸게 해 주세요.
    算我便宜一點。

18. 계산해 주세요.
    請幫我結帳吧。

19. 기분이 좋아요.
    心情好。

20. 기분이 기뻐요.
    心情高興。

21. 기분이 나빠요.
    心情不好。

22. 괜찮아요.
    沒關係。

23. 어디 가세요?
    您要去哪裡？

24. 저는 경덕입니다.

我的名字叫做慶德。我叫慶德。

25. 저는 대학생입니다.

我是大學生。

26. 감사합니다.

謝謝您。

27. 고마워요.

謝謝你。

28. 미안해요.

對不起。

29. 죄송합니다.

對不起。

30. 대만에서 왔어요.

我從台灣來的。我來自台灣。

31. 건배.

乾杯。

32. 취했어요.

我醉了。

33. 피곤해요.

我很累。

34. 매워요.
    很辣。

35. 안 매워요.
    不辣。

36. 정말?
    真的嗎？

37. 뜨거워요.
    好燙。

38. 좋아요.
    喜歡。

39. 안 좋아요.
    不喜歡。

40. 너무 비싸요.
    很貴。

41. 싸요.
    便宜。

42. 잠시만요.
    等一下。

43. 잠깐만요.
    等一等。

44. 귀여워요.

　　妳很可愛。

45. 멋있어요.

　　你長得很帥。

46. 잘 생겼어요.

　　你長得眞俊俏。

47. 또 만나요.

　　下次再見面。

48. 자주 연락해요.

　　常常保持聯絡。

49. 더 연락해요.

　　再聯絡喔。

50. 전화해 주세요.

　　請打電話給我。

51. 잘 부탁합니다.

　　請多多指教。

52. 추워요.

　　（天氣）寒冷、冷。

53. 더워요.

　　（天氣）熱。

54. 글쎄요.

讓我想一下吧。

55. 안 돼요.

不行。

56. 예보세요?

（接電話時）喂。

57. 누구세요?

請問您是誰？

58. 여기요.

（叫服務生時，或者要引起他人注意時）這裡。

59. 저기요.

（叫服務生時，或者要引起他人注意時）喂。

60. 여기서 먹어요.

這邊吃。

61. 사 가지고 가요.

我要外帶。

62. 좋은 아침입니다.

早安，美好的早晨。

63. 수고했어요.
   辛苦了。

64. 왔어요?
   你來了？

65. 많이 파세요.
   祝您生意興隆。

66. 재미있어요.
   眞有趣。

3-7 連音化的說明

連音化（연음화, linking）：此現象是因爲人體發音器官因受到發音急速，而導致兩個字連讀的連音現象產生，而在語言學上，我們稱此現象爲：「連音化」。

一般而言，基本常見的韓國語連音化現象有兩種狀況。分述如下：

1. 單個收尾音的連音現象：

當前字具有單個收尾音字型（終聲）時，後方連接的字以「ㅇ、ㅎ」當作初聲時，此收尾音會轉變成後字的初聲來發音。如下面的例子：

외국인（外國人）→〔외구긴〕

한국어（韓國語）→〔한구거〕

낮에（白天時）→〔나제〕

단어（單字）→〔다너〕

※不發生連音的收尾音的狀態有二：

(1) 前字收尾音爲「ㅇ」不適用連音法則。

영어（英文）→〔영어〕

강아지（小狗）→〔강아지〕

(2) 前字收尾音爲「ㅎ」在連接後方以「ㅇ」爲初聲的音節字時，「ㅎ」會脫落，因此不發生連音。

좋아요.（好）→〔조아요〕

넣어요.（放入）→〔너어요〕

※此外，「ㅎ」出現在詞語首位，造原本的音價發音，如：하마（ha-ma）→하마；但是若出現在母音與母音之間，或終聲「ㄴ, ㄹ, ㅁ, ㅇ」之後，音的強度會減弱，而「ㅎ」大多呈現脫落不發音的現象（又稱「ㅎ」的弱音化）。而韓國人本身也有很多不發「ㅎ」的音，但就資料中，標準發音法並不承認此弱音化現象所造成的連音以及脫落。

은행（銀行）→〔으냉〕
전화（電話）→〔저놔〕
영화（電影）→〔영와〕
철학（哲學）→〔처락〕

2. 兩個收尾音的連音現象：

當前字具有兩個收尾音字型（終聲）時，後方連接的字以「ㅇ」當作初聲時，此收尾音會轉變成後字的初聲來發音。如下面的例子：

읽어요.（念、閱讀）→〔일거요〕
짧아요.（短的）→〔짤바요〕
없어요.（沒有）→〔업서요〕
앉아요.（坐）→〔안자요〕

※若是前字收尾音是「ㄶ, ㅀ」時，連接後方字以「ㅇ」當作初聲時，右側的「ㅎ」會脫落，以左側的「ㄴ, ㄹ」來進行連音現象。如下面的例子：

많아요. (多) → 〔마나요〕

끓어요. (水滾、沸騰) → 〔끄러요〕

其次，若是以「硬音」（ㄲ, ㄸ, ㅃ, ㅆ, ㅉ）當作收尾音時，別忘記它們是屬於子音體系，可別把它們視作為兩個字母，而此時直接進行連音現象即可。如下面的例子：

밖에 (外面的) → 〔바께〕

있어요. (有) → 〔이써요〕

第四單元

其他重要資訊

第四單元：其他重要資訊

4-1 音節表

　　將韓國語的字母子音以及母音互相結合，而將結合的音節文字按照順序排列下來，又稱爲「音節表」（음절표, syllabary），下面有兩個基本音節表，請大家邊聽著MP3，邊開口練習發音試看看。

• 表格1：子音＋母音　 請聽4-1-1

母音 子音	ㅏ	ㅑ	ㅓ	ㅕ	ㅗ	ㅛ	ㅜ	ㅠ	ㅡ	ㅣ
ㄱ	가	갸	거	겨	고	교	구	규	그	기
ㄴ	나	냐	너	녀	노	뇨	누	뉴	느	니
ㄷ	다	댜	더	뎌	도	됴	두	듀	드	디
ㄹ	라	랴	러	려	로	료	루	류	르	리
ㅁ	마	먀	머	며	모	묘	무	뮤	므	미
ㅂ	바	뱌	버	벼	보	뵤	부	뷰	브	비
ㅅ	사	샤	서	셔	소	쇼	수	슈	스	시
ㅇ	아	야	어	여	오	요	우	유	으	이
ㅈ	자	쟈	저	져	조	죠	주	쥬	즈	지
ㅊ	차	챠	처	쳐	초	쵸	추	츄	츠	치
ㅋ	카	캬	커	켜	코	쿄	쿠	큐	크	키
ㅌ	타	탸	터	텨	토	툐	투	튜	트	티
ㅍ	파	퍄	퍼	펴	포	표	푸	퓨	프	피
ㅎ	하	햐	허	혀	호	효	후	휴	흐	히
ㄲ	까	꺄	꺼	껴	꼬	꾜	꾸	뀨	끄	끼
ㄸ	따	땨	떠	뗘	또	뚀	뚜	뜌	뜨	띠
ㅃ	빠	뺘	뻐	뼈	뽀	뾰	뿌	쀼	쁘	삐
ㅆ	싸	쌰	써	쎠	쏘	쑈	쑤	쓔	쓰	씨
ㅉ	짜	쨔	쩌	쪄	쪼	쬬	쭈	쮸	쯔	찌

• 表格2：子音＋母音＋代表性收尾音

「子音＋母音＋代表性收尾音」拼音表：  請聽4-1-2

收尾音 搭配 發音	ㄱ	ㄴ	ㄷ	ㄹ	ㅁ	ㅂ	ㅇ
가	각	간	갇	갈	감	갑	강
나	낙	난	낟	날	남	납	낭
다	닥	단	닫	달	담	답	당
라	락	란	랃	랄	람	랍	랑
마	막	만	맏	말	맘	맙	망
바	박	반	받	발	밤	밥	방
사	삭	산	삳	살	삼	삽	상
아	악	안	앋	알	암	압	앙
자	작	잔	잗	잘	잠	잡	장
차	착	찬	찯	찰	참	찹	창
카	칵	칸	칻	칼	캄	캅	캉
타	탁	탄	탇	탈	탐	탑	탕
파	팍	판	팓	팔	팜	팝	팡
하	학	한	핟	할	함	합	항
ㄲ	깍	깐	깓	깔	깜	깝	깡
ㄸ	딱	딴	딷	딸	땀	땁	땅
ㅃ	빡	빤	빧	빨	빰	빱	빵
ㅆ	싹	싼	싿	쌀	쌈	쌉	쌍
ㅉ	짝	짠	짣	짤	짬	짭	짱

• 音節表說明

1. 我們看到雖然我們說韓國語40音，但是其實由上面的音節表，我們看到第一個圖表由19個子音×10個母音（共計組成190個音節），而這19個子音還可以跟11個複合母音搭配（共計組成209個音節），而這裡我們就可以得知，沒有帶有收尾音的音節文字，共有399個。

2. 在圖表2中，我們看到這399個音節文字，還可以跟16個的單子音字型（即是在上面收尾音單元，我們提到的「홑받침」一概念，除去19個子音中的「ㄸ，ㅃ，ㅉ」之外，共有16個單子音字型可供搭配），以及兩個單子音字型（同樣是在收尾音單元中，我們提到的「겹받침」概念）作為收尾音（但是大家別忘記，收尾音的代表音只有7種音）組成399×（16+11）＝10773個音節文字字型。

3. 我們把1和2的音節數量加起來，可以得出韓國語總共可以拼音11172個字型。但是實際上這些音節文字並沒有全部都被使用到。在當代韓國語中，常用到的組成韓國語字詞的音節文字，大約只有2350個左右。

4-2 認識韓國錢幣

오만원 五萬元		
만원 一萬元		
오천원 五千元		
천원 一千元		
오백원 五百元		
백원 一百元		
오십원 五十元		
십원 十元		**십원** 十元

4-3 韓國重要節慶

　　韓國其實有很多節日跟我們台灣節慶是相近的。下面筆者就來介紹韓國當地主要幾個國定假日以及節慶，而在這些節慶日時，韓國當地都有許多慶祝活動，所以大家如果在這些節慶日前往韓國旅行的話，都可以看到、體驗到這些韓國節慶中特殊的活動喔。

時間	節日名稱	特色
國曆 一月 一日	元旦： 신정 （新正）	新年的第一天。
農曆 正月 初一	民俗日： 又稱春節 설날 （구정）	民俗日放假三天。而韓國也是以農曆一月一日的過年為主，小孩也有領壓歲錢（세뱃돈）的習慣，但是沒有像台灣那樣，領的金額這麼多。
三月 一日	三一節： 삼일절	在1919年3月1日，韓國大規模反抗日本統治的三一獨立運動的週年紀念日。
四月 五日	植木日： 식목일	這一天在韓國境內會舉辦全國各地植樹造林活動，目的為保護地球。

時間	節日名稱	特色
五月五日	兒童節：어린이날	韓國五月的節慶最多，首先登場的是五月五號的「兒童節」，在這一天韓國境內會為兒童舉行各種慶祝活動。
五月八日	父母親節：어버이날	韓國沒有像台灣把母親節（五月第二個星期天）跟父親節（八月八號）分開來過，都是在五月八號這一天一起慶祝。
五月十五日	教師節：스승의날	韓國的五月是充滿著節慶的月份，因為有著三個重要感恩的節日，而五月十五號則是韓國的教師節。在這一天可以看到韓國學校的老師都會收到一朵朵由學生準備的鮮花喔。
農曆五月初五	端午節：단오（단오절）	端午節也是韓國最重大的節日之一，只不過，筆者在韓國留學時，沒有看到當天韓國人吃像台灣一般的肉粽過節。當日全國放假一天。
農曆四月初	浴佛節：석가탄신일（釋迦誕辰日）	韓國佛教宗教信仰十分虔誠，這一天在韓國境內各地的佛寺、廟宇會舉行各式各樣的莊嚴儀式慶祝活動。
六月六日	顯忠日：현충일	全國在這一天向韓戰陣亡將士獻祭，在首爾國立公墓舉行紀念儀式。

時間	節日名稱	特色
七月 十七日	制憲節： 제헌절	紀念韓國於1948年頒布韓國憲法的紀念日。
農曆 七月 七日	七夕： 칠석	沿襲自中國的節日，是韓國最重大的節日之一，也是情人節。
農曆 七月 十五日	中元節： 중원절	沿襲自中國的節日，也是韓國最重大的節日之一，俗稱鬼月。
八月 十五日	光復節： 광복절	1945年8月15日，韓國從35年的日本殖民統治下脫離。這一天也是1948年韓國政府成立紀念日。
農曆 八月 十五	中秋節： 추석 （秋夕）	中秋節是韓國最重大的節日之一，放假三天。這一天又名韓國感恩節，一般人會在節前互相送禮。而且中秋節韓國人會趁這一天返鄉、回家祭祖以及祖墳掃墓，這是跟台灣不太相同的習俗。
十月 三日	開天節： 개천절	紀念韓國創世神話中的檀君而有的節日。有些韓國學者聲稱檀君於公元前2333年建立第一個朝鮮族國家。
十二月 二十五日	聖誕節： 크리스마스	耶穌基督誕辰日。西方節日在韓國也很受到重視，在當天韓國天主教以及基督教的宗教活動會極為熱鬧地展開。

第五單元

練習冊

第五單元：練習冊

❶ 子音

 請聽5-1-1

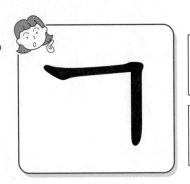

가다								
走、去								

가구								
家具								

기다리다								
等待								

고리								
環、圈圈								

請聽5-1-2

나무									
樹木									

누구									
誰									

나비									
蝴蝶									

뉴스									
新聞									

다시									
再一次									

두부									
豆腐									

다이어트									
減肥									

대머리									
禿頭									

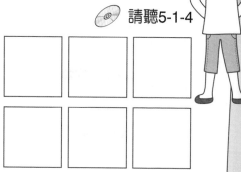

라디오								
收音機								

우리								
我們								

거리								
距離								

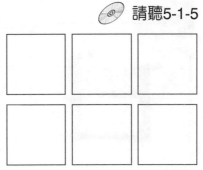

마무리

收尾、結束

마시다

喝、飲用

모자

帽子

마리

隻

ㅂ

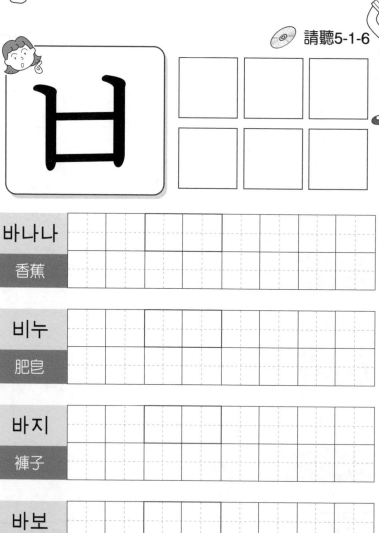

바나나									
香蕉									

비누									
肥皂									

바지									
褲子									

바보									
傻瓜									

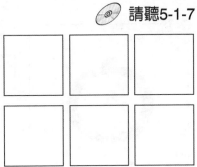

사다								
買								

소리								
聲響、聲音								

사자								
獅子								

비서								
秘書								

請聽5-1-8

아기
嬰兒

우유
牛奶

여자
女生

여우
狐狸

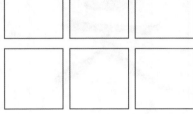

자리								
位子								

주다								
給								

사라지다								
消失、不見								

자								
尺								

ㅊ

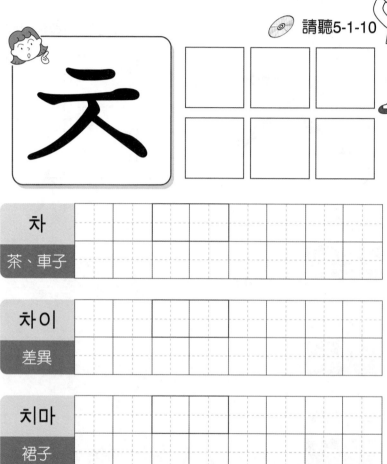

| 차 |
| 茶、車子 |

| 차이 |
| 差異 |

| 치마 |
| 裙子 |

| 초 |
| 秒 |

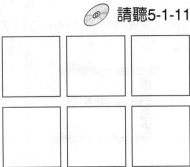

카메라
相機

케이크
蛋糕

코
鼻子

키스
親吻

ㅌ

타다								
搭乘								

티슈								
紙巾、面紙								

타조								
鴕鳥								

타자								
棒球打擊者								

프

파리
蒼蠅

피아노
鋼琴

피부
皮膚

파티
派對

ㅎ

하다								
做								

하루								
一天、一日								

하나								
一								

후추								
胡椒								

練習冊

2 母音

請聽5-2-1

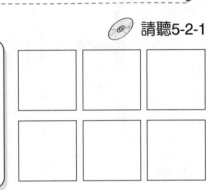

아이									
小孩									

나라									
國家									

아시아									
亞洲									

어서									
動作快地、趕緊									

ㅏ

야구
棒球

이야기
故事、聊天

야채
蔬菜

야수
野獸

ㅓ

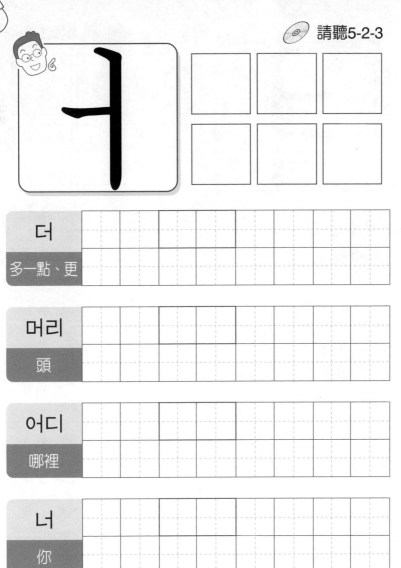

더			
多一點、更			

머리			
頭			

어디			
哪裡			

너			
你			

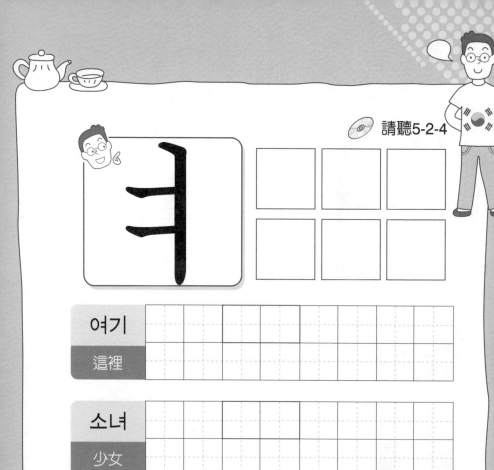

請聽5-2-4

ㅕ

여기									
這裡									

소녀									
少女									

혀									
舌頭									

여러분									
各位、大家									

148

ㅗ

오이							
黃瓜							

오토바이							
摩托車							

고기							
肉							

오다							
來							

교수(님)								
教授								

요가								
瑜珈								

요리								
料理、菜								

우표								
郵票								

ㅜ

부모								
父母								

누나								
姊姊 （男生用）								

수도								
首都								

구두								
皮鞋								

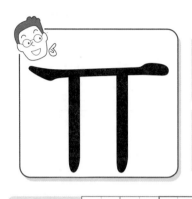

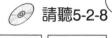

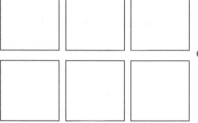

유리								
玻璃								

유치								
幼稚								

유자차								
柚子茶								

티슈								
紙巾、面紙								

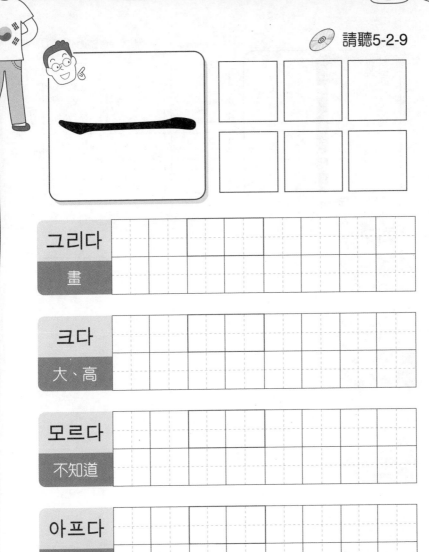

| 그리다 | | | | | | | | | |
| 畫 | | | | | | | | | |

| 크다 | | | | | | | | | |
| 大、高 | | | | | | | | | |

| 모르다 | | | | | | | | | |
| 不知道 | | | | | | | | | |

| 아프다 | | | | | | | | | |
| 疼痛 | | | | | | | | | |

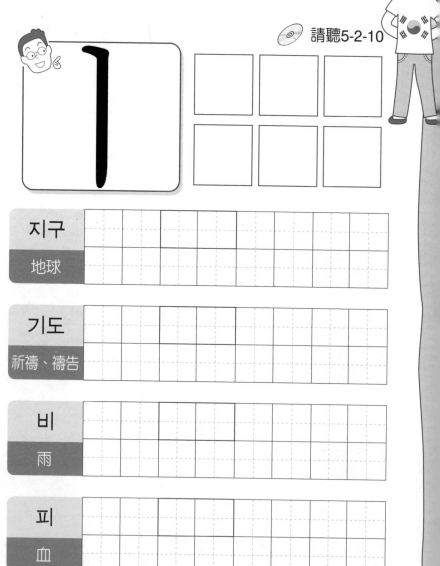

지구							
地球							

기도							
祈禱、禱告							

비							
雨							

피							
血							

❸ 複合母音

請聽5-3-1

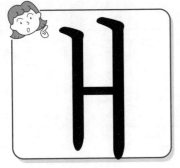

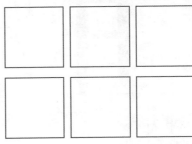

배								
肚子、船、梨子								

대표								
代表								

소개								
介紹								

모래								
沙子								

請聽5-3-2

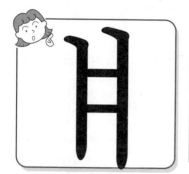

얘기 (이야기的縮語) 聊天、講話										

얘 (이아이的縮語) 小孩子										

ᅦ

게						
螃蟹						

테니스						
網球						

가게						
商店						

헤어지다						
分手、分開						

ㅖ

예보									
預報									

지혜									
智慧									

예매									
預購									

예									
是的									

請聽5-3-5

사과								
蘋果								

과자								
餅乾								

과제								
作業、課題								

좌석								
座席								

왜					
為什麼？					

돼지					
豬					

괘도					
壁圖、掛圖					

괜찮다					
沒關係、不要緊					

請聽5-3-7

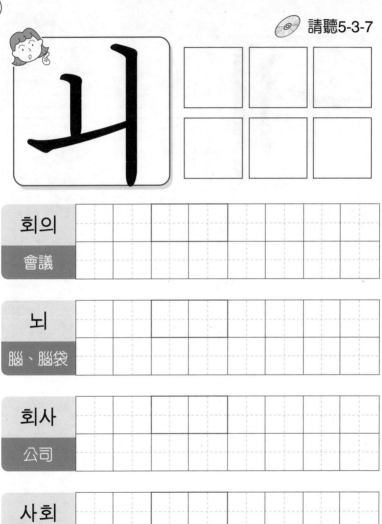

ㅚ

회의									
會議									

뇌									
腦、腦袋									

회사									
公司									

사회									
社會									

ᅨ

웨이터					
服務生					

궤도					
軌道					

궤변					
詭辯					

웬일					
怎麼回事？					

請聽5-3-9

ㅓ

뭐								
什麼?								

더워요								
炎熱、熱								

매워요								
辣								

추워요								
寒冷、冷								

취미									
興趣									

귀									
耳朵									

위									
上方、上面									

위기									
危機									

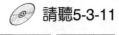
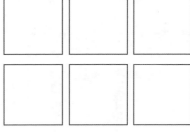

의미							
意思							

의자							
椅子							

주의							
主義、注意							

의무							
義務							

練習冊

④ 硬音

請聽5-4-1

ㄲ

꼬리
尾巴

토끼
兔子

끼다
夾住

코끼리
大象

ㄸ

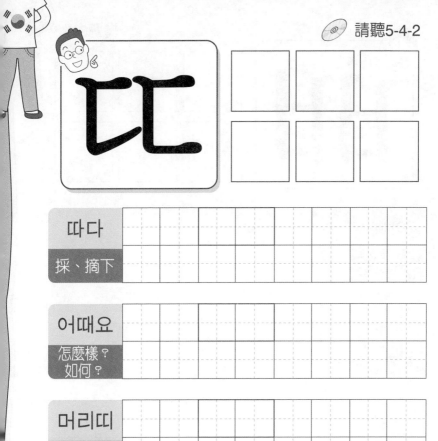

따다									
採、摘下									

어때요									
怎麼樣？ 如何？									

머리띠									
髮圈									

또									
再一次、還									

ㅃ

아빠 爸爸（兒童用）									

오빠 哥哥（女生用）									

뿌리 根源、根基									

나무뿌리 樹根									

뽀뽀									
親親									

請聽5-4-4

从

싸다							
便宜							

쓰다							
寫、花費 （錢）、苦							

이쑤시개							
牙籤							

쓰레기							
垃圾							

ㅉ

짜다							
鹹的							

찌개							
火鍋							

찌다							
蒸							

練習冊

❺ 收尾音

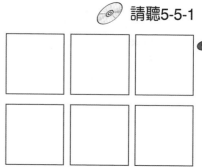

학교						
學校						

기억						
記憶						

미국						
美國						

책						
書本						

선배									
學長姐、前輩									

라면									
泡麵									

진리									
真理									

산책									
散步									

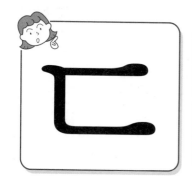

듣다							
聽							

닫다							
關							

짓다							
建蓋（房子）、攪拌（咖啡）							

꽃							
花							

낮									
白天									

請聽5-5-4

철학
哲學

서울대
首爾大學

비밀
秘密

술
酒

ㅁ

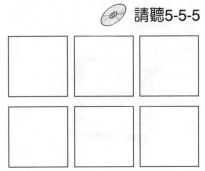

남자									
男生									

곰									
熊									

사람									
人									

여름									
夏天									

請聽5-5-6

ㅂ

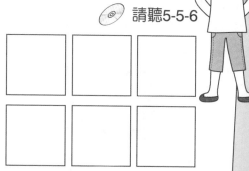

춥다
寒冷、冷

비빔밥
石鍋拌飯

수업
課程、課業

입술
嘴唇

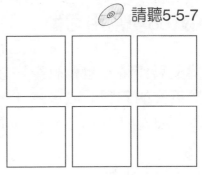

왕자							
王子							

공원							
公園							

사랑하다							
愛							

형							
哥哥 （男生用）							

練習冊

❻ 66句常用句型

韓文寫作時，也會有空格喔，而結尾處的句號則是像英文的句號一般，為「·」一點加在下方喔，千萬不要寫成中文的「。」句號。

1. 안녕하세요.
   你好。

2. 안녕하십니까?
   您好嗎？

3. 안녕히 가세요.
   再見。

4. 안녕히 계세요.
   請留步。

5. 잘 자요.
   晚安。

6. 안녕히 주무세요.
   晚安。

7. 알겠어요.
   我知道了。

8. 모르겠어요.
   我不知道。

9. 화이팅.
   加油。

10. 힘내요.
   加油、提起精神來喔。

11. 생일 축하합니다.
祝您生日快樂。

12. 사랑해요.
我愛妳。

13. 행복하세요.
祝您幸福。

14. 우리 헤어져.
我們分手吧。

15. 이것이 얼마예요?
這個多少錢？

16. 좀 깎아 주세요.
請算我便宜點。

17. 싸게 해 주세요.
算我便宜一點。

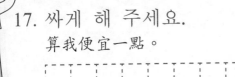

18. 계산해 주세요.
請幫我結帳吧。

19. 기분이 좋아요.
心情好。

20. 기분이 기뻐요.
心情高興。

21. 기분이 나빠요.
心情不好。

22. 괜찮아요.
沒關係。

23. 어디 가세요?

您要去哪裡？

24. 저는 경덕입니다.

我的名字叫做慶德。我叫慶德。

25. 저는 대학생입니다.

我是大學生。

26. 감사합니다.

謝謝您。

27. 고마워요.

謝謝你。

28. 미안해요.

對不起。

29. 죄송합니다.
對不起。

30. 대만에서 왔어요.
我從台灣來的。我來自台灣。

31. 건배.
乾杯。

32. 취했어요.
我醉了。

33. 피곤해요.
我很累。

34. 매워요.
很辣。

35. 안 매워요.
   不辣。

   [ ][ ][ ][ ][ ][ ]

36. 정말?
   真的嗎？

   [ ][ ][ ]

37. 뜨거워요.
   好燙。

   [ ][ ][ ][ ][ ]

38. 좋아요.
   喜歡。

   [ ][ ][ ][ ]

39. 안 좋아요.
   不喜歡。

   [ ][ ][ ][ ][ ][ ]

40. 너무 비싸요.
   很貴。

   [ ][ ][ ][ ][ ][ ][ ]

41. 싸요.
便宜。

42. 잠시만요.
等一下。

43. 잠깐만요.
等一等。

44. 귀여워요.
妳很可愛。

45. 멋있어요.
你長得很帥。

46. 잘 생겼어요.
你長得真俊俏。

47. 또 만나요.
下次再見面。

48. 자주 연락해요.
常常保持聯絡。

49. 더 연락해요.
再聯絡喔。

50. 전화해 주세요.
請打電話給我。

51. 잘 부탁합니다.
請多多指教。

52. 추워요.
(天氣) 寒冷、冷。

53. 더워요.

(天氣)熱。

54. 글쎄요.

讓我想一下吧。

55. 안 돼요.

不行。

56. 여보세요?

(接電話時)喂。

57. 누구세요?

請問您是誰？

58. 여기요.

(叫服務生時，或要引起他人注意時)這裡。

59. 저기요.

（叫服務生時，或者要引起他人注意時）喂。

60. 여기서 먹어요.

這邊吃。

61. 사 가지고 가요.

我要外帶。

62. 좋은 아침입니다.

早安，美好的早晨。

63. 수고했어요.

辛苦了。

64. 왔어요?

你來了？

65. 많이 파세요.

祝您生意興隆。

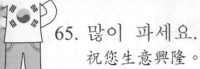

66. 재미있어요.

眞有趣。

國家圖書館出版品預行編目資料

一看就會的韓語拼音／陳慶德編著.
-- 初版. -- 臺北市：書泉, 2013.10
　面；　公分
ISBN 978-986-121-858-8（平裝）
1.韓語　2.語音
803.24　　　　　　　　102016889

3AH3

一看就會的韓語拼音

作　　　者 ― 陳慶德

發 行 人 ― 楊榮川

總 編 輯 ― 王翠華

主　　　編 ― 朱曉蘋

封面設計 ― 吳佳臻

出 版 者 ― 書泉出版社

地　　　址：106台北市大安區和平東路二段339號4樓

電　　　話：(02)2705-5066　　傳　真：(02)2706-6100

網　　　址：http://www.wunan.com.tw

電子郵件：shuchuan@shuchuan.com.tw

劃撥帳號：01303853

戶　　　名：書泉出版社

總 經 銷：朝日文化

進退貨地址：新北市中和區橋安街15巷1號7樓

TEL：(02)2249-7714　　FAX：(02)2249-8715

法律顧問　林勝安律師事務所　林勝安律師

出版日期　2013年10月初版一刷

定　　　價　新臺幣300元